光文社文庫

長編時代小説

旅立ちぬ

吉原裏同心㉖

決定版

佐伯泰英

光　文　社

目次

↑至隅田
千駄木
白山
雑司ヶ谷
小石川
東叡山寛永寺
新吉原
山谷堀
聖天町
今戸橋
竹屋ノ渡し
小梅村
浅草寺
花川戸町
本郷
中堂
下谷山崎町
中之郷
伝通院
不忍池
並木町
吾妻橋
浅草駒形堂
高田馬場
御徒町
御蔵前通り
大川
牛込
小石川
佐久間河岸
元鳥越町
御米蔵
外神田
向柳原
中之御門
本所
水道橋
神田川
神楽坂
御竹蔵
浅草御門
番町
和泉橋
内神田
両国広小路
柳橋
両国橋
南割下水
大横川
回向院
一ツ目之橋
市谷
馬喰町
竪川
小伝馬町
六間堀
菊川町
今川橋
四谷
北町奉行所
新大橋
深川元町
猿江橋
室町
万年橋
小名木川
麹町
江戸城
日本橋
江戸橋
日本橋川
仙台堀
深川
南町奉行所
八丁堀
永代橋
材木町
楓川
亀久橋
元赤坂町
永田町
霊岸島
佐賀町
伝馬町
数寄屋町
八丁堀
鉄砲洲
富岡八幡宮
木場
木挽町
石川島
越中島
溜池
洲崎
佃島
海窓院
芝口ノ橋
汐留橋
愛宕
原宿村
長谷寺
神谷町
浜御殿
六本木
増上寺
飯倉片町
下渋谷村
金杉川
麻布村
赤羽橋
金杉橋
善福寺
渋谷川
古川町
目黒
天現寺
東海道
元札ノ辻
谷広尾原
江戸湊
麻布
白金
高輪
北品川
品川宿
黒不動尊
目黒川
南品川
下目黒
大崎
桐ヶ谷
大井
池上本門寺
池上通り
羽田
玉川
平間ノ渡し
矢口ノ渡し
六郷ノ渡し
六郷川
北

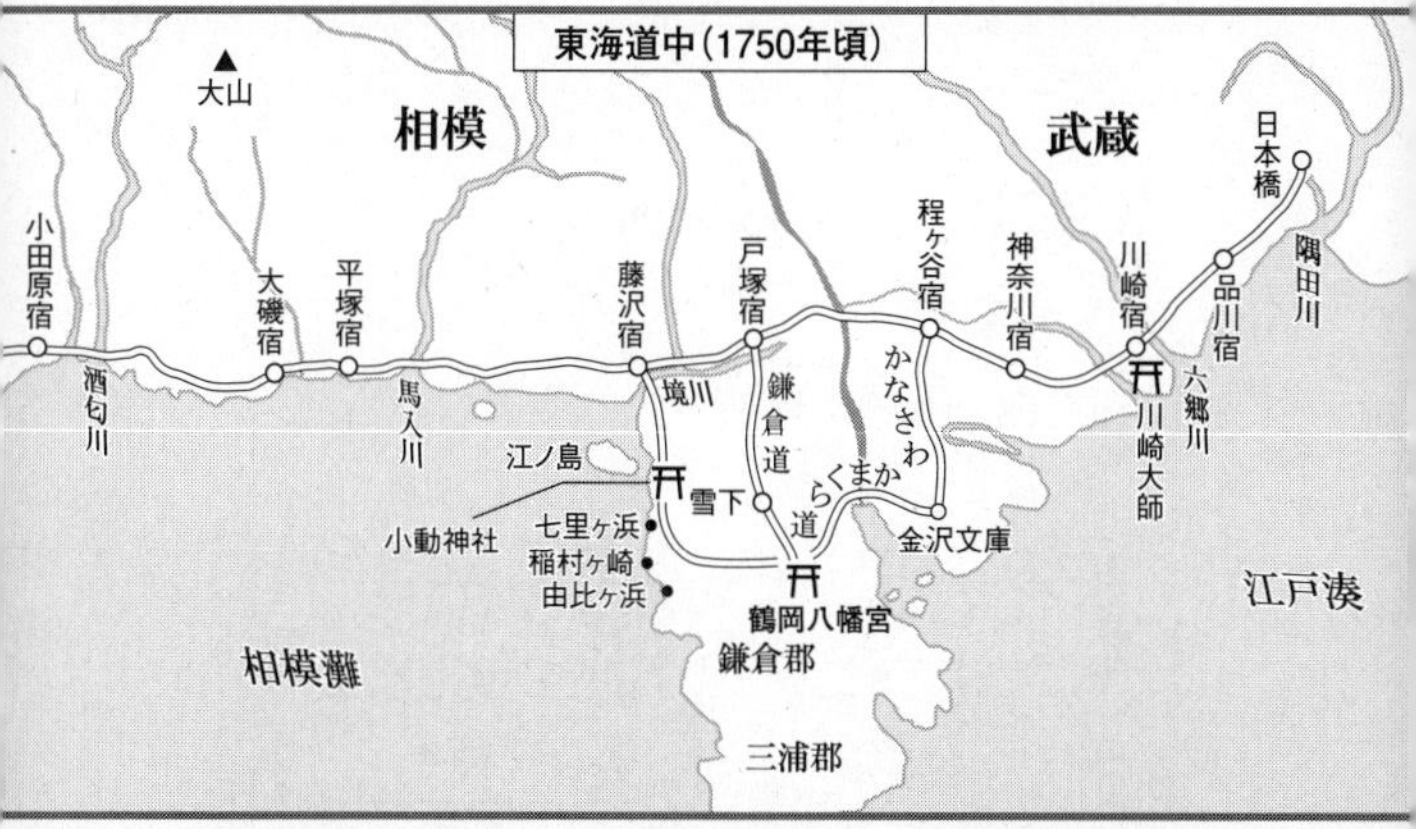
東海道中（1750年頃）
大山
相模
武蔵
日本橋
隅田川
品川宿
川崎宿
神奈川宿
程ヶ谷宿
戸塚宿
藤沢宿
平塚宿
大磯宿
小田原宿
酒匂川
馬入川
境川
鎌倉道
かなさわ
かまくら道
六郷川
川崎大師
江ノ島
雪下
小動神社
七里ヶ浜
稲村ヶ崎
由比ヶ浜
金沢文庫
鶴岡八幡宮
鎌倉郡
三浦郡
江戸湊
相模灘

鎌倉略図
円覚寺
東慶寺
鎌倉道
浄智寺
建長寺
覚園寺
長寿寺
亀谷坂切通し
円応寺
巨福呂坂切通し
浄光明寺
鶴岡八幡宮
荏柄天神社
銭洗弁財天
化粧坂切通し
源平池
寿福寺
熊野神社
杉本寺
浄妙寺
佐助稲荷神社
宝戒寺
鎌倉道
妙隆寺
報国寺
至朝
切
大仏坂切通し
蛭子神社
鎌倉大仏
本覚寺
妙本寺
八雲神社
若宮大路
安養院
長谷寺
妙法寺
安国論寺
鎌倉道
極楽寺坂切通し
極楽寺
啓運寺
長勝寺
名越切通し
由比ヶ浜
九品寺
光明寺
相模灘
←至稲村ヶ崎・江ノ島
北
東
南
西

新吉原廓内図

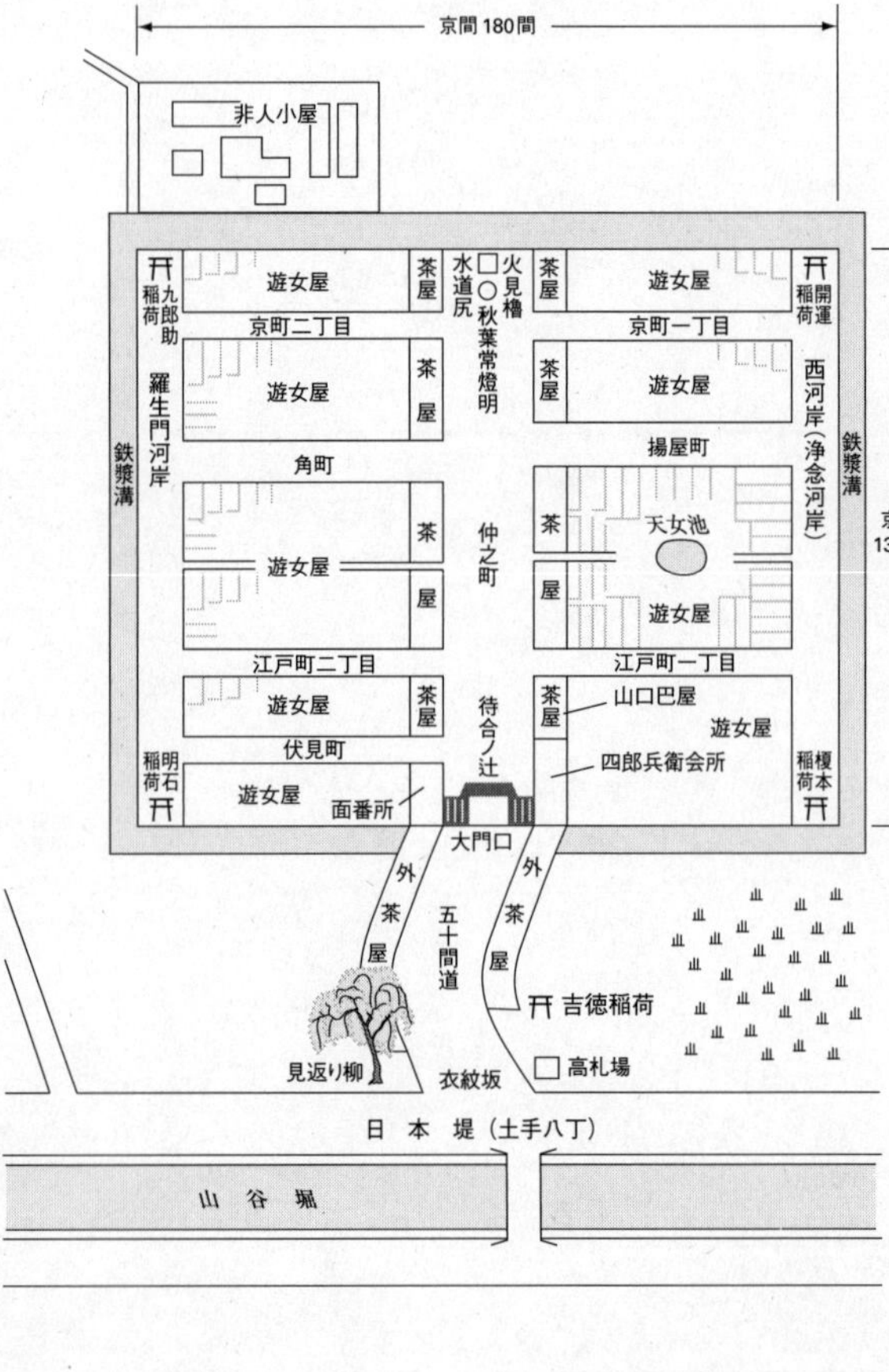
京間180間
京間135間
非人小屋
九郎助稲荷
開運稲荷
遊女屋
茶屋
水道尻
火見櫓
秋葉常燈明
京町二丁目
京町一丁目
羅生門河岸
西河岸（浄念河岸）
鉄漿溝
角町
揚屋町
天女池
仲之町
江戸町二丁目
江戸町一丁目
山口巴屋
伏見町
待合ノ辻
四郎兵衛会所
明石稲荷
榎本稲荷
面番所
大門口
外茶屋
五十間道
吉徳稲荷
高札場
見返り柳
衣紋坂
日本堤（土手八丁）
山谷堀

『旅立ちぬ』主な登場人物

神守幹次郎……豊後岡藩の馬廻り役だったが、幼馴染で納戸頭の妻になった汀女とともに逐電の後、江戸へ。吉原会所の七代目頭取・四郎兵衛と出会い、剣の腕と人柄を見込まれ、「吉原裏同心」となる。薩摩示現流と眼志流居合の遣い手。

汀女……幹次郎の妻女。豊後岡藩の納戸頭との理不尽な婚姻に苦しんでいたが、幹次郎と逐電、長い流浪の末、吉原へ流れつく。遊女たちの手習いの師匠を務め、また浅草の料理茶屋「山口巴屋」の商いを任されている。

加門麻……元は薄墨太夫として吉原で人気絶頂の花魁だった。吉原炎上の際に幹次郎に助け出され、その後、幹次郎のことを思い続けている。幹次郎の妻・汀女とは姉妹のように親しく、先代伊勢亀半右衛門の遺言で落籍された後、幹次郎と汀女の「柘榴の家」に身を寄せる。

四郎兵衛……吉原会所七代目頭取。吉原の奉行ともいうべき存在で、江戸幕府の許しを得た「御免色里」を司っている。幹次郎の剣の腕と人柄を見込んで「吉原裏同心」に抜擢した。

仙右衛門……吉原会所の番方。四郎兵衛の右腕であり、幹次郎の信頼する友でもある。

玉藻……仲之町の引手茶屋「山口巴屋」の女将。四郎兵衛の娘。

三浦屋四郎左衛門……大見世・三浦屋の楼主。吉原五丁町の総名主にして四郎兵衛の盟友であり、ともに吉原を支える。

嶋村澄乃……亡き父と四郎兵衛との縁を頼り、吉原にやってきた。若き女裏同心。

村崎季光……南町奉行所隠密廻り同心。吉原にある面番所に詰めている。

桑平市松……南町奉行所定町廻り同心。幹次郎とともに数々の事件を解決してきた。

柴田相庵……浅草山谷町にある診療所の医者。お芳の父親ともいえる存在。

お芳……柴田相庵の診療所の助手にして、仙右衛門の妻。

正三郎……四郎兵衛に見込まれ、料理茶屋「山口巴屋」の料理人となった。玉藻の幼馴染。

桜季……三浦屋の新造。禿・小花として、落籍前の薄墨太夫の下についていた。

長吉……吉原会所の若い衆を束ねる小頭。

金次……吉原会所の若い衆。

伊勢亀半右衛門（故人）……浅草蔵前の札差。薄墨太夫の馴染客であった。自らの死に際して薄墨太夫を落籍し、幹次郎に後を託す。

旅立ちぬ——吉原裏同心（26）

序

「海鳴りに　旅路を問うか　夏の宿」

安永《あんえい》五年（一七七六）夏、ふたりの男女が豊後国《ぶんごのくに》岡《おか》藩を逐電《ちくでん》した。妻仇《めがたき》として追っ手にかかりながら諸国を流浪し、十年後、江戸吉原《よしわら》に流れついた。

「粋伊勢亀《いきいせき》　桜とともに　旅立ちぬ」

寛政《かんせい》三年（一七九一）夏、三人の男女が武蔵国《むさしのくに》江戸浅草《あさくさ》から新たな旅路に出立した。

かくて十五年後、新たな物語が始まった。

第一章　夏枯れ吉原

一

柘榴《ざくろ》の家にひとり身内が増えて新たな暮らしが始まった。

加門麻《かもんあさ》が神守《かみもり》家に加わったことで幹次郎《みきじろう》の家は賑《にぎ》やかに、いや、華やかさが増した。吉原から落籍《ひか》された麻が向後《こうご》どのような暮らしを始めるか、汀女《ていじょ》も幹次郎もただ黙って見守っていた。

汀女と麻はまるで姉妹のような、親密な交わりだった。この家へ幹次郎が間借りでもしているかのように仲がよかった。

その夏も盛りを過ぎたころ、朝餉《あさげ》の刻限に珍しく幹次郎、汀女、麻の三人が顔を揃えて膳を前にした。むろん小女《こおんな》のおあきがいて、飼猫の黒介《くろすけ》が台所に接した囲炉裏端《いろりばた》にいた。

「幹どの、いささか相談がございます」

と汀女が言い出した。このような切り出し方はまずない。麻のことだと思った。

「麻どのが隅田村《すだむら》に墓参りに参られるか」

幹次郎が問い返した。

麻はしばしば浅草御蔵前《おくらまえ》の札差《ふださし》伊勢亀を訪ねて、先代の位牌《いはい》が飾られた仏壇の前で時を過ごしていた。また汀女といっしょに吉原に行き、若い遊女や禿《かむろ》たちに読み書きなどを教えていた。

だが、伊勢亀の先代の墓がある隅田村多聞寺《たもんじ》へは、幹次郎と訪ねて以来、足を向けていなかった。

「いえ、そうではございません」

と麻が言った。

「私が四つか五つのころでしょうか」

麻が胸の奥から記憶を拾い出すような眼差《まなざ》しで言った。

「母に連れられて鎌倉《かまくら》に参ったことがございます。私にとって江戸から離れたただひとつの旅、母との思い出にございます」

麻の半生は加門家の屋敷での暮らしと、その後自《みずか》ら身を投じた吉原での歳月で成り立っていると幹次郎は思い込んでいた。

ちなみに麻の両親、旗本《はたもと》百七十石表御祐筆《おもてごゆうひつ》の父季達《としたつ》、母のみきは長患《ながわずら》いの末にすでに亡くなり、四谷塩町《よつやしおちよう》にある加門家を弟の総一郎《そういちろう》が継いでいた。姉の麻は弟が加門家を継ぐようにあれこれと然《しか》るべき筋に手配したのち、吉原に身を投じていた。

「お母上と鎌倉のどちらに参られましたな」

幹次郎は尋《たず》ねた。

「それが」

麻が恥ずかしげな表情を見せた。

「どなたかの墓参りだったと思えます。ですが、訪ねた寺がどこか、だれのお墓であったか、母に訊《き》く機会は失してしまいました」

「麻どのはお母上と参られた鎌倉を訪ねたいのですね」

「はい」

麻が返事をした。

「姉様《あねさま》も同行なされるな」

「私も鎌倉に参ったことはございません。麻といっしょに見物をしとうございます」

「よいではないか。おふたりで参られよ」

「幹どの」

汀女が幹次郎を見た。

なんだな、という顔で幹次郎が汀女を見た。

「女ふたりだけで鎌倉へ行けと申されますか」

「なに、それがしも同道せよと言われるか。うむ」

と幹次郎は考えた。

「幹どのは、四郎兵衛《しろべえ》様の供で鎌倉に参られたこともございましたな」

たしかに幹次郎は御用で仙右衛門《せんえもん》といっしょに行き、また別の折り、四郎兵衛の供で鎌倉に行っていた。だが、ふたりの供をして吉原を留守にすることができるかどうか。

「それは七代目のお許しを得なければ、なんとも返事のしようがございませんぞ。それにふたりして吉原を抜けると料理茶屋はどうなる、吉原の手習い塾はどうなるな、姉様」

幹次郎は、思い浮かんだ懸念を告げた。

「料理茶屋は、正三郎《しょうざぶろう》さんが玉藻《たまも》様を助けてくれます。吉原の手習い塾はしばらく休みにさせていただきます。さよう玉藻様には許しを得ております」

「手筈《てはず》が整っておるか」

「はい」

麻が嬉《うれ》しそうな顔で返事をした。

「それがしが七代目に許しを得ればよいのか」

幹次郎の言葉に頷《うなず》いた汀女が、

「もうひとつ」

と言い出した。汀女の顔が最前より険《けわ》しかった。この場で言ってよいかどうか迷っている表情だった。

「柘榴の家の主《あるじ》は、神守幹次郎にございます」

汀女が当たり前のことを言い出した。

「主に断わりもなく企《くわだ》てたお願いにございます」

「姉様、迂遠《うえん》な物言いじゃな、素直に口にされたらいかがかな」

「麻の離れ家を庭の一角に設けてはなりませぬか。柘榴の木の前ならば、庭を大きく潰すこともございますまい」

と言った。

幹次郎が麻を見た。柘榴の家に離れ家を造る話はすでに三人の間で出ていた。

「麻どのは柘榴の家の住人になると気持ちを定めたか」

「幹どの、すでに麻は身内にございます」

加門家は弟が継いでいた。麻は吉原から落籍された身だが、四谷塩町の屋敷に戻る気はさらさらないように思えた。それは弟の体面を思ってのことだろうか、と幹次郎は察していた。加門麻は江戸じゅうに名が知られた薄墨太夫《うすずみだゆう》と公儀が承知したとき、差し障《さわ》りがあろうと考えてのことだと想像した。

「それはそうじゃが」

幹次郎は麻を見た。

「私は、加門麻は、屋敷と吉原の三浦屋《みうらや》しか存じませぬ。思いがけなく伊勢亀のご隠居のご厚意で落籍の運を得ました。ですが、吉原の外に住まいは思いつきませぬ。その折り、汀女先生と幹次郎様から『しばらく柘榴の家にて向後のことを考えよ』とのお言葉がございました。以来、あれこれと考えましたが、なにをなすべきか、どこに住まいするべきか、思いつきませぬ」

「それで柘榴の家に落ち着こうと考えられたか」

はい、と麻が首肯《しゅこう》し、尋ねた。

「ご迷惑ですか、幹次郎様」

「だれが迷惑などと思うものか。そなたがなしたいことをなせばよい」

麻の顔が、ぱあっと明るくなり、幹次郎と汀女に深々と頭を下げた。

「幹どの、私からもお願いがございます。麻が向後なすべきことに思い至るまでしばしの日月《じつげつ》を要しましょう。ゆえにこの家の敷地の一角に離れ家を造るべきとふたりで話し合いました」

汀女が言った。

「となると、おあきの親父様の手をふたたび借りねばなるまいな」

幹次郎の言葉におあきが慌てて手を振った。

「旦那様、うちのお父《とっ》つぁんは叩き大工です。麻様の住む離れ家を造るなど滅相もない、絶対無理です」

おあきが言った。

「幹どの、それは料理茶屋を手がけた棟梁《とうりょう》の染五郎《そめごろう》親方とすでに相談してございます。染五郎親方は、この家の普請《ふしん》の折り手伝ったことがあるそうで、柘榴の家をよう承知です。母屋から飛び石伝《づた》いに離れ家を造るのが柘榴の家に相応《ふさわ》しかろうと申されておりました」

「姉様、すべて事が成っておるのではないか。あとは普請にいくらかかるか、費《つい》えじゃな」

「幹どの」

麻が汀女を真似て呼びかけた。

おあきが麻の呼びかけに目を丸くして驚いていた。

「なんだな、麻」

「普請の費えは私が」

呼び捨てにされた麻が嬉しそうに言った。

しばし沈思《ちんし》した幹次郎が尋ねた。

「姉様、麻、いつから離れ家の普請に入るな」

「鎌倉に参る前に染五郎親方と相談し、私どもが鎌倉に行っている間に仕度を済ませてもらい、鎌倉から戻ったあと、普請を始めたらいかがでしょうか」

と汀女が言った。

「相分かった。それがしは七代目に鎌倉行きの是非《ぜひ》を伺《うかが》ってみる」

幹次郎は女同士で相談が終わった話に逆《さか》らうことなく、そう答えた。

この日、幹次郎は四つ（午前十時）前に大門《おおもん》を潜《くぐ》ろうとした。

「お待ちあれ、裏同心どの」

面番所《めんばんしょ》の隠密廻《おんみつまわ》り同心村崎季光《むらさきとしみつ》の声が幹次郎を呼び止めた。幹次郎が振り向くと村崎が手招きして、

「近ごろ、そなた、わしの前をそそくさと逃げるように通り過ぎるな」

と詰問《きつもん》した。

「さようなことは決してござらぬ」

幹次郎が興味津々の表情の村崎に応じた。魂胆《こんたん》は分かっていた。つい先ごろまで吉原で全盛を誇った薄墨太夫が落籍され、ただ今は幹次郎と汀女の家に身を寄せているからだ。村崎はなんとしても加門麻の近況を知りたいのだ。

「で、なんぞ御用がございますか」

「用はない」

「と、申されますと」

「柘榴の家はどうなっておる」

「至って平穏無事なる暮らしにございます」

「美形がふたり同居して平穏無事じゃと」

「穏やかな暮らしがおかしゅうございますか」

「嫁と母の義理の親子とあってじゃ、わしの居場所がないくらい刺々《とげとげ》しいことがしばしば起こる。それをじゃぞ、そなたの家は女房に、元を辿れば吉原の薄墨太夫が同じ屋根の下に暮らしてだぞ、男はそなたひとりではないか。ややこしいことが生じてもおかしくあるまい」

「お言葉ですが、同じ屋根の下に小女のおあきもいれば、飼猫の黒介も同居しております。正しく申されるならば、柘榴の家の者は、女三人に男ふたりです」

「飼猫や小女を数に入れる馬鹿がどこにおる」

「おや、いけませぬか」

「わしが申しておるのは、薄墨太夫の同居に汀女先生が苛立《いらだ》っておらぬかということだ」

「いえ、至って仲睦《むつ》まじくまるで姉妹のようでございましてな。反対にそれがしの存在は黒介以下、影が薄い、全く薄い。おお、そうだ、それがし、しかとは存じませぬが、村崎家のそなた様と同じ境遇だと常々考えております」

「うちのことを知らぬにもほどがある。母と嫁の機嫌の悪い折りは、まるで家の中を野分《のわき》が吹き荒れているようだぞ」

村崎がぼやいた。

「村崎どの、それではうちとはだいぶ違いますな。それにしてもわが家になにを求めておられますな」

「なにをじゃと、知れたこと。天下の美女の薄墨太夫と汀女先生がそなたを巡ってな、痴話喧嘩なんぞをすると面白いと思うておるのよ」

幹次郎が笑い出した。

「薄墨太夫はもはやこの世から消えました、ただ今は加門麻という女衆《おんなし》です」

「加門麻、な」

「加門麻は姉様の妹なればそれがしにも義妹でございます。柘榴の家は至って穏《おん》なる暮らしでございます」

「くそっ」

と吐き捨てた村崎が、

「どうだ、裏同心どの、ときにわが家の女ふたりとそちらのふたりを交換せぬか」

「まずは嫁女どのと母君にお許しを願われませぬか」

と応じた幹次郎は、くるりと踵《きびす》を返して会所に向かった。

会所の中にはだれもいなかった。ただ、老犬の遠助《とおすけ》がいつも寝転がっている土間にへたり込んでいた。

晩夏の猛暑にへばっているのだ。

腰から刀を外した幹次郎は土間から板の間に上がった。

だれもいないということは、廓内《くるわうち》でなんぞ騒ぎが生じているのか。それにしては村崎の態度といい、のんびりとした仲之町《なかのちょう》の様子といい、騒ぎが起きているとは思えなかった。

「おい、皆はどうしたな」

幹次郎は老犬に声をかけた。だが、目すら開けようとはしなかった。

「おまえも夏の疲れが出たか」

声をかけた幹次郎は奥へと通った。

「四郎兵衛様、おられますか」

廊下から声をかけた。

「どうぞお通りなされ」

四郎兵衛の声に幹次郎は奥座敷の前で障子《しょうじ》を開けた。

四郎兵衛は敷き布団の上に俯《うつぶ》せに寝て、揉《も》み療治を受けていた。

座敷に艾《もぐさ》の香りが漂っているところを見ると、鍼灸《しんきゅう》療治を受けたあとに揉み療治を受けているのか。

揉み療治師は吉原に出入りの鍼灸師金多慎庵《かねだしんあん》だ。金多は五十間道《ごじっけんみち》裏に代々鍼灸揉み療治の看板を掲げて吉原にも出入りする三代目だ。

「かような恰好で失礼しますよ」

「七代目、今年の夏は殊《こと》の外《ほか》暑うございます。早めに手当てを受けられるのはようございます」

幹次郎の言葉に慎庵が、

「裏同心の旦那はわしの療治は要《い》らぬな」

四郎兵衛に代わって言った。

「未《いま》だ揉み療治は受けたことはございません」

「なによりなにより」

慎庵が四郎兵衛の首から肩を揉むと、

「ううう」

と四郎兵衛が唸《うな》った。

「七代目、体中が凝《こ》り固まって気も血の流れも滞《とどこお》っているな。当分、毎日療治をしたほうがよさそうだ」

「このところ忙しさに紛《まぎ》れて体の手入れを怠《おこた》っていたツケがここにきて回ってきたようだ。慎庵さん、頼もう」

と願った。

「七代目、ひと月ほど湯治《とうじ》に行かれると気分も変わるのだがな」

「吉原をひと月も空けるなど無理だな」

「無理でしょうな、吉原には次から次へと騒ぎが起こる」

慎庵の言葉に、

「表にだれひとり姿が見えませんが、廓内になんぞございましたか」

と幹次郎が訊いた。

「ひとりもいませんか。番方《ばんかた》には遅出を許しております。他の連中は天女池《てんにょいけ》に行っているのでしょう」

「天女池でなんぞございましたか」

「いやね、慌て者が会所に飛び込んできて、天女池に土左衛門《どざえもん》が浮かんでいると知らせてきたのです。それで若い衆《し》が飛び出していきました。そしたら、女郎《じょろう》の廻《まわ》しに怒った粗忽《そこつ》客が天女池で水浴びをしていたとか。揚屋町《あげやちょう》の小見世《こみせ》（総半籬《そうはんまがき》）の客のようです」

廻しとは妓楼《ぎろう》がひとりの遊女に複数の客を掛け持ちさせることだ。身はひとつの遊女はちらりと客に顔を見せただけで、明け方まで現われないこともままあった。

吉原会所では、できるだけ廻しをしないように妓楼に伝えていたが、稼げるときに稼ぎたい楼は聞き流していた。

一方で吉原の馴染《なじみ》客は、廻しにあって怒るのは野暮《やぼ》の骨頂《こっちょう》と心得、

「昨夜《ゆうべ》はワリを食ったぜ」

とさらりと引き揚げた。

そんな江戸っ子の気性を逆手《さかて》に取り廻しが横行《おうこう》した。どうやら初めて廻しを経験した客が天女池で、体のほてりを冷ましたようだ。

「揚げ代を払って女郎が廊下を行き来する草履《ぞうり》の音ばかりでは、天女池で水浴びをする気持ちも分からないじゃないな」

吉原の事情に詳《くわ》しい慎庵が言い、四郎兵衛を俯せから仰向《あおむ》けに体の向きを変えさせて首の後ろに両手を入れて伸ばした。

幹次郎が両目を瞑《つむ》って揉み療治を受ける四郎兵衛を見ていると、

「神守様、玉藻の一件、正三郎と所帯を持つ話じゃが、少しは進んでおりますか」

と四郎兵衛が訊いてきた。どうやら四郎兵衛は、娘の玉藻と正三郎の祝言《しゅうげん》まで神守夫婦に預けた気でいるようだ、と幹次郎はいささか驚いた。

「なに、玉藻さんが所帯を持つか、めでたいな」

慎庵が驚きの顔で言った。

「私もつい先ごろまで知らなかったことだ。それをこの神守様と汀女先生がな、縁結《えんむす》びの役を務めてな、玉藻が料理人の正三郎と所帯を持つことに決めたところだ」

四郎兵衛が説明し、

「七代目、正三郎は建具屋《たてぐや》の三男坊だったな、玉藻さんと幼馴染《おさな》じゃないか。そこまで話が進んでいるのならば、そりゃ、少しでも早いほうがいいぞ」

と慎庵が答えた。

「と、慎庵先生も言うておる。神守様」

両目を見開いて四郎兵衛が幹次郎を見た。

「改めておふたりと話してみます」

揉み療治を終えた慎庵が、

「七代目、ともかく明日から当分通ってきますぞ」

と言った。

「おかげ様でだいぶ体がほぐれた」

「それは表面だけですよ。明日も参りますでな」

慎庵が鍼灸の道具を箱に仕舞い、

「本日はこれで」

と引き揚げていった。

二

表に長吉《ちようきち》らが戻ってきた気配がして慎庵が、「野暮な客は引き揚げたか」と訊いている声がした。

「ともかく楼に戻してよ、湯に入れさせたぜ。いくら湧き水の出る天女池だとはいえ、水底は泥だもんな。褌《ふんどし》一丁でようも楼から天女池に出てきたもんだぜ」

長吉が答えていた。

「あら、お父つぁん、療治は終わったの」

玉藻が姿を見せて、敷いた布団を手早く片づけた。

身繕《みづくろ》いをした四郎兵衛が、

「お待たせ申しましたな。神守様、なんぞ御用ですかな」

と向き直って言った。

「いえ、七代目が揉み療治を受けているのを見たら、それがしの話は吹き飛びました」

と幹次郎が応じた。

四郎兵衛が湯治にも行けない状態だ。それを汀女と麻を伴《ともな》い鎌倉行きなど、とても言い出せなかった。

「ははあ、玉藻が話していた一件ですな」

四郎兵衛が煙草盆を引き寄せながら、幹次郎を見た。

「玉藻様がなにか七代目に言われましたか」

「薄墨太夫、いえ、加門麻様と変わったのでしたな。鎌倉に寺参りに行きたいという話ではございませんか」

四郎兵衛が言い、

「もはやその話はようございます」

と幹次郎が応じて立ちかけた。

「まあ、待ちなされ、神守様」

四郎兵衛が引き止めた。

「麻様の吉原での功績《こうせき》を考えますと、十日やそこらの鎌倉行きをダメとは言えますまい。いえ、もはや加門麻様は吉原に身を束縛《そくばく》されることもない。差し障りは、同行する汀女先生と神守様のことでしたな。七夕前に鎌倉においでなされ。神守様にもこたびのことでは会所は、大いに助けられました。骨休めを兼《か》ねて、二人で旅をなされ」

と言った。

「さような我儘《わがまま》が許されましょうか」

「これまで神守様は何度か鎌倉に参られましたな、すべて御用だ。ときに汀女先生と麻様とともにのんびり旅をするのも悪くはございません、麻様の新たな旅立ちですよ」

四郎兵衛が応じるところに玉藻が茶を運んできて、

「神守様、うちのほうもなんとかなるわ」

と言葉を添えた。

幹次郎は、父娘を交互に見ながらも直《す》ぐには返事ができなかった。

「そうだ、お父つぁん、もうひとつ話があるのよ」

「なんだ、話とは」

「柘榴の家に離れ家を普請するの」

汀女、麻、そして玉藻の女三人は、すべてを話し合っているのだ、と幹次郎はいささか驚いた。

「うむ、麻様は柘榴の家に落ち着くか」

「そういうことよ。神守様夫婦と麻様は身内以上の間柄ですものね。麻様には世間の暮らしに慣れるためにしばらく歳月が要ると思わない。その間、麻様は柘榴の家でのんびりと時を過ごして向後のことを決めればよいわ。そのためのきっかけが鎌倉行きよ」

「そうか、そういうことか」

玉藻の話を聞きながら、女三人は加門麻の向後の生き方についても話し合っているのではないかと、幹次郎は感じた。

「当分柘榴の家に加門麻様は暮らしていくことになるか」

四郎兵衛が念を押した。

「それが亡くなられた伊勢亀のご隠居のいちばんの願いじゃないかしら」

「あの世から神守様夫婦に頼みごとがあるか」

と応じた四郎兵衛が笑った。

「ちとその前に玉藻様にお尋ねしとうござる」

「ござるだなんて、しかつめらしい訊き方ね。私と正三郎さんとの祝言話よね」

「いかにもさよう。正三郎どのとはそのことについて話し合われたか」

幹次郎は自分たちのことはいったん置いて、話を転じた。

「正三郎さんはあの通り、私やお父つぁんに遠慮しているもの、自分から口出しすることはないの。私は八朔《はっさく》が終わった辺りにどうかしらと思っているけど」

と玉藻が言った。

つい近ごろまであれこれと迷っていた折りの玉藻とは別人のようで、自信に満ちた昔ながらの玉藻に戻っていた。

「秋にあれこれと重なりそうだな」

と得心した口調の四郎兵衛が、

「正三郎とおまえは所帯を持ったあと、どこで暮らす気だ。浅草寺門前並木町《せんそうじ　なみきちょう》の茶屋に住むわけにもいくまい」

と住まいを気にして尋ねた。

「そのことでお父つぁんに相談があるの」

話が親子の間のものになり、幹次郎はこの場にいたほうがよいのかどうか迷った。

「神守様も聞いて。加門麻様にも関わることよ」

幹次郎の気持ちを察したか、玉藻が言った。

「麻どのに、ですか」

「心配なの、神守様」

「姉様の妹ということは私の義妹でもございますからな」

ふっふっふふ
と玉藻が笑った。

「美形の姉妹と同居だなんて、神守幹次郎様ならではよね」

「正直かようなことが許されるものかと迷うておりますす」

「義妹様は、義兄どのを心から敬愛しているの。それを汀女先生が認めておられるんだもの。だれからも文句は出ないはずよ。当分、この界隈《かいわい》の噂にはなりましょうが人の噂も七十五日よ」

玉藻が平然とした口調で言い、四郎兵衛に視線を戻した。

幹次郎は、番方の仙右衛門が出勤してきた気配を感じ取っていた。

だが、奥座敷に七代目親子と幹次郎が話し込んでいると聞かされたか、いつものように直ぐに奥に挨拶に来る様子はなかった。

「お父つぁん、私の本家本元の務めはこの吉原よ。引手《ひきて》茶屋山口巴屋《やまぐちともえや》をしっかりと守ることだわ。そう考えると正三郎さんがこちらに来て、私といっしょに暮らすことが理に適《かな》っていると思わない」

「あちらの料理茶屋の料理人から正三郎は身を退《ひ》くか」

「そのことについて、料理人頭の重吉《じゆうきち》さんと話したの。重吉親方は、正三郎さんはもはやどこに出しても料理人としてやっていけると、言ってくれたわ。その上で正三郎さんがあちらからいなくなるのは痛手だけど、若手も育ってきていることだし、当分はわっしが頑張っていきますと言ってくれたの」

玉藻の言葉を四郎兵衛は黙って聞いていた。

「お父つぁん、こちらの引手茶屋だけど、お客様から食べものや酒の注文がそれなりにあるわね。妓楼から引き揚げてきて、ひと風呂浴びて軽く召し上がって気分を変えて大門を出ていきたいお客様が結構おられる。でも、酒の肴《さかな》は仕出しの決まり切った膳よ。そんなお客様のご注文に応えて、台屋《だいや》の仕出し料理とは違った食べものに正三郎さんが腕を振るったらどうかしら」

と玉藻が提案した。

幹次郎は名案だと思った。

四郎兵衛は黙って考えていた。

「浅草の料理茶屋に話を戻すとね、お父つぁん。汀女先生に頼り切りでしょ。実際、あちらの女主は汀女先生よ。ここからは私の勝手な願いというか、そうなればいいな、と思ったことよ」

「玉藻、加門麻様に汀女先生を手伝わせて、ゆくゆくあちらは汀女先生と麻様に任せようというのか」

「ダメかしら」

と玉藻が答え、幹次郎を見た。

しばし黙考した幹次郎が、

「玉藻様のお気持ち、真《まこと》に有難《ありがた》い。されどこればかりは麻どのがどう申されるか、それがしには推量つきませぬ」

「玉藻、つい先ごろまで吉原の太夫を張っていた薄墨太夫が料理茶屋を手伝うとなれば評判になろう。いや、なり過ぎる。これはな、今直ぐにはできぬ相談だ。『なんだ、四郎兵衛は自分の店を手伝わせるために落籍したか』と、あれこれと揚げ足を取られるお方が必ず出てくる」

「で、ございましょうな」

四郎兵衛の考えに幹次郎も同意した。

吉原で客に出す料理は、台屋と呼ばれる仕出し屋から妓楼に膳で運ばれた。お造り、煮物、かまぼこなどの口取《くちとり》、焼き物の四種がごく普通の仕出し料理で一分《ぶ》もした。ただ今の貨幣価値にすると一万五千円から二万円ほどか。

その他、吉原の名物といえば江戸《えど》町《ちょう》二丁目の竹村伊勢《たけむらいせ》の巻煎餅《まきせんべい》を筆頭に甘露《かんろ》梅《ばい》、蕎麦切《そばき》り、畳鰯《たたみいわし》、煎豆《いりまめ》などだ。

いわゆる一品料理屋はない。

引手茶屋に上がった客が楼に案内される前後に正三郎が作った肴で酒を呑んだ

り、小腹を満たしたりできる料理を山口巴屋が提供するのは面白い趣向だと幹次郎は考えた。

一方、加門麻が料理茶屋山口巴屋を手伝うには、時節《じせつ》を待つしかあるまいと思った。

「私も今直ぐとは言ってないわ。なにより麻様の気持ち次第だもの」

玉藻もふたりの危惧《きぐ》に同意した。

「玉藻様、鎌倉行きの折りにじっくりと麻どのと向後のことを話し合いましょう。麻どのが亡き母上と旅された鎌倉をもう一度訪ねたいというのは、母上を追憶《ついおく》するだけではございますまい。わが身の振り方を考える旅かと、それがし、察しております」

「間違いございますまい」

四郎兵衛が幹次郎に賛意を示し、

「麻様の向後は、ご自身の考えに任すのがよかろう」

と言い足した。

「さて、うちで正三郎が腕を振るうという考えは悪くない。ということは正三郎が吉原に住むということになる」

「お父つぁんはどうなの」

「いいも悪いもない。玉藻に婿が来るだけでも万万歳だ、それも神守様の見立てだ、文句が付けられるものか」

腕組みした四郎兵衛が笑い、

「となると、仲人《なこうど》か」

と思案した。

吉原一の引手茶屋の跡継ぎの玉藻に婿が来る話だ。それなりの仲人が相応しい。

「あら、お父つぁん、それは容易《たやす》い話よ」

「だれに仲人を頼むというのだ」

玉藻が幹次郎を見た。

「なに、神守様と汀女先生がおまえたちの仲人か」

「だってこの話を纏《まと》めてくれたのは、神守様と汀女先生よ。ならば仲人はおふたりに決まっているわ」

四郎兵衛が今度は幹次郎を見た。

幹次郎は、しばし無言を貫《つらぬ》き、四郎兵衛、玉藻親子に改めて視線を向け直し、

「それはいけませぬ」

とはっきり言い切った。

「私たちの仲人をするのは嫌なの、神守様」

「いえ、そうではございませぬ」

「ならばどうしてなの。私も正三郎さんも神守様がたのような夫婦になるのが夢なのよ。そう、この前、正三郎さんも漏らしたわ。『あのような仲睦まじいご両人はいません』と羨《うらや》ましそうな顔をしたのよ」

「正三郎どののお気持ち、有難く拝聴致しました。ですが、玉藻様、それがしは、吉原ではおおっぴらに存在してはならぬ者です。会所のお情けで裏同心などと呼ばれる陰御用を務める身です。それが、吉原一の引手茶屋の女将《おかみ》さんと料理人正三郎さんの仲人を務められるはずもない。おそらく姉様も同じ考えかと存ずる。七代目、そうは思われませぬか」

幹次郎は四郎兵衛に判断を委《ゆだ》ねた。

「うむ」

はっきりとした返事はなかった。

「四郎兵衛様、玉藻様、それがしが考えますに仲人に相応しいお方は吉原におられましょう。差し出がましいこととは思いますが、三浦屋のご夫婦はこちらとは親密なお付き合いがございます」

幹次郎の三浦屋四郎左衛門《しろうざえもん》夫婦ではどうかという言葉に、玉藻が父親の顔を見た。

「玉藻、神守様の申される通りだ。神守様をあまり表に立てると面番所をはじめ、あちらこちらからあれこれと文句がつこう。ここは三浦屋さんにお願いするのがいちばん穏当ではないか」

四郎兵衛の言葉に玉藻は、当てが外れたという顔をした。

幹次郎は、自分たち夫婦に仲人を頼んだ玉藻の気持ちを察していた。

正三郎は、五十間道裏の建具屋の三男坊だ。吉原一の引手茶屋のひとり娘とは、幼馴染だが身分違いは否めなかった。

祝言も内々に催《もよお》したいという正三郎の気持ちを斟酌《しんしやく》して、玉藻は考えたのではないか。

「玉藻様、正三郎さんは玉藻様と夫婦になると気持ちを決められたときから、どのようなことも呑み込んで、玉藻様の考えに従おうと決意しておられます。仲人の一件も、山口巴屋のひとり娘と祝言を挙げる以上、それなりの方々が務められるのではと覚悟しておられましょう。また、正三郎さんは、どのような場に出られても、引けを取るような御仁ではございません」

と幹次郎が請け合った。

「三浦屋の旦那様に仲人を頼むとすると、吉原じゅうの騒ぎ、大仰《おおぎょう》にならないかしら。それこそ引手茶屋の女子《おなご》は女将であろうと吉原では裏方よ。あくまで表方の花は、遊女衆だもの」

玉藻がまだ抗《あらが》った。

「玉藻様、いくら松の位の太夫に上りつめた花魁《おいらん》でも吉原で祝言を挙げられた例はございますまい。その花魁衆をしっかりと支えてこられた玉藻様です。一生一度の祝いごと、精々賑々《にぎにぎ》しく催されませぬか」

幹次郎の明るい言葉にもまだ玉藻は迷っていた。

「私は、引手茶屋の商い一途《いちず》で所帯を持つ時期を外した年増女よ、若い娘のように晴れがましい祝言はどうも苦手だな」

「玉藻、おまえの場合、正三郎を婿として迎える側だ。婿が先方からやってくるのだ、五十間道から大門を潜って賑々しく来ることもあるまい」

四郎兵衛が言った。

「お父つぁん、吉原で祝言挙げた人を知っている」

「吉原で祝言を催した夫婦は知らぬな。もっとも蜘蛛道《くもみち》の住人がひっそりと祝言を行った例はある」

「でしょう。どうしたらいいの、神守様」

「言われてみれば吉原での賑々しい祝言は、差し障りがございますね」

と幹次郎が沈思した。

「おお、そうだ、迂闊《うかつ》にも足元を忘れておった。七代目、玉藻様、浅草寺門前の料理茶屋の山口巴屋で祝言を催す手がございますぞ。店はこちらの持ち物、婿になる正三郎さんは料理人です」

「おお、そのことを忘れておった。あちらならば、うちの店だ。なんの気兼ねも要らぬな」

四郎兵衛が賛意を示した。

「そうね、あちらのほうが私も正三郎さんも気は楽ね」

「玉藻様、祝言を挙げたあと、あちらで幾夜か過ごし、そののちご夫婦で大門を潜りなされ」

「その折りは花嫁衣裳など着ないわよ」

玉藻がようやく得心した。

「玉藻、汀女先生と話し合って祝言の日取りを決めよ。私はまず三浦屋さんに仲人を頼みに行こう。善は急げといいますからな」

年を取って段々とせっかちになった四郎兵衛がさっさと立ち上がった。

その場に幹次郎と玉藻が残された。

「神守様方は祝言を挙げてないわよね」

「玉藻様、人の女房であった姉様の手を引いて、身ふたつで豊後岡藩城下を逃げ出したわれらですぞ。祝言など挙げようもございません。ふたりだけで過ごした初めての夜は、どこぞの神社の軒先にございました」

幹次郎は、追っ手に襲われる危機感の中で神社仏閣の軒下や山小屋に寝泊まりした日々を思い出していた。

「どう、仲人の代わりに私たちといっしょに祝言を挙げない」

幹次郎は、思いもかけない話に言葉を失った。

「もはやその気はございません」

「汀女先生を口説《くど》いてみようかな。女はどんなときだって、どんなに年を経たとしても祝言に憧《あこが》れるそうよ」

「玉藻様も祝言には憧れますか」

幹次郎の問いに頷き、

「ただ、相手が正三郎兄さんとは思いもしなかったけど」

「いちばん大事な人が直ぐ傍らにおられたゆえに却《かえ》って気づかなかった。正三郎さんは、玉藻様一途の気持ちを秘めてこれまで過ごしてこられた。玉藻様とはよいご夫婦になられます」

「そうね、そうならなければ神守様がたに申し訳ないわね」

と玉藻が真面目な声音《こわね》で応じた。

三

幹次郎と番方の仙右衛門は、昼見世の最中、廓内の見廻りに出た。

「奥で玉藻様と七代目で長話でしたな」

「遠慮なされたか、番方」

「なんとなく、御用ではなさそうでしたのでな」

「それがしが願いごとで七代目にお会いしたのだが、玉藻様と正三郎さんの祝言の話になったでな。たしかに御用話ということではないいな」

「で、日取りが決まりましたか」

「四郎兵衛様が仲人と話し合った結果で祝言の日取りは決まろうな」

と前置きした幹次郎は、およその話を告げた。

「八朔のあとに、料理茶屋で催すか、それはよかった。それにしても正三郎さんが引手茶屋で食いものを拵《こしら》えることになるのか。料理茶屋と引手茶屋の山口巴屋の客筋の半分ほどは重なっている。客の好みを承知の正三郎さんが、仕出しとは違うどんな料理を出すか楽しみだな。客衆は驚くぜ。だいいち台屋の決まり切った膳には飽きておられるからな。そこへ季節に合わせた旬の食材が出てくれば、他の引手茶屋も真似ますぜ」

仙右衛門の感想だった。

「それにしても長い話になった」

ふたりは、ゆっくりと仲之町の奥、水道尻《すいどじり》まで歩いていった。

夏の盛りが過ぎたとはいえ、白い日差しがぎらぎらと天から降っていた。

番方は手拭いを小粋に吉原被《かぶ》りにして日差しを避けていた。一方、幹次郎は、菅笠《すげがさ》を被っていた。

ふたりは火の見櫓《やぐら》の日陰でしばらく足を止めた。

「うむ」

と呟《つぶや》いた幹次郎が、

「最前七代目に願いごとがあったと言うたな。じゃが、四郎兵衛様が揉み療治を受けておられるのを見たら言い出しにくくなった」

仙右衛門が幹次郎の横顔を見た。

「麻どのがな」

「柘榴の家を出ると言われましたか。そんな話はなかろうな。いたく柘榴の家の住み心地がよいと申されていると噂に聞いていますで」

「姉様と麻どのの間でな、柘榴の家の敷地に小さな離れ家を造る話が進んでおるのだ」

「なに、薄墨太夫は、いや、違ったな、加門麻様は柘榴の家の店子《たなこ》になるんで」

「店子ではない、身内になるのだ。姉様と麻どのは、姉妹同然の間柄ゆえな。それがしにとって義妹ということになろうか」

「面番所の村崎同心が妙な勘繰りをわっしに漏らしていたが、このことか。ひとつ屋根より離れ家のほうが、まあ気は楽ですな」

と仙右衛門が応じた。

「おそらく秋口にも普請が始まろう。というわけで麻どのが柘榴の家の一員になるのだ」

「となると、神守様、義妹に麻どのはおかしいぜ」

「麻、と呼び捨てにするのもこれまでの経緯《いきさつ》から妙でな。未だ慣れぬ」

幹次郎の正直な感想に仙右衛門が笑い、分かったと言った。

「なにが分かったというのか、番方」

「離れ家造りを七代目に相談しようとしなさったな」

「そうではない。別件だ」

ふたりは水道尻から西河岸《にしがし》（浄念河岸《じょうねんがし》）へと歩き出していた。

幹次郎は加門麻の幼き折りの鎌倉行きを告げ、母の思い出探しに鎌倉の寺参りに出向きたい麻の願いを説明した。

「ただ今の麻様ならば勝手気ままに鎌倉くらい行けましょう。他人様《ひとさま》の懐《ふところ》に触れるのは下種《げす》ったいが、麻様は路銀《ろぎん》には困ってはいまい」

「路銀の相談を七代目にできるはずもござらぬ。加門麻は、縁が切れた実家と吉原しか知らぬ。鎌倉がどこにあるのか承知しておらぬでな」

しばし黙考していた仙右衛門が手を打って言った。

「そうか、鎌倉は馴染の神守様が同行しようという話だな。そこで会所の御用を少しばかり休みたいと、七代目に願おうとしたわけですか」

「それがしばかりではござらん。姉様も同行するのだ。夫婦して勤めを休んでよいものか七代目に相談に行ったら揉み療治を受けておられた。とても休ませてほしいとは言い出しにくかった」

ふっふふふ
と仙右衛門が笑った。

「結局言い出せず仕舞《じまい》ですか」

「いや、七代目は、それがしの願いごとをすでにご存じであった」

玉藻の口から四郎兵衛に伝わっていたことを仙右衛門に伝えた。

「鎌倉往来に十日やそこらかかりましょう。神守様夫婦なしで吉原を切り盛りするのは、いささか不安ではありますな。だが、わっしらがいて、神守様夫婦に会所が頼りっ放しもよくない。まあ、七代目もおられることだ。神守様、美形姉妹の供で鎌倉に寺参りに行ってきなせえ」

仙右衛門が幹次郎に言った。

「よいかのう」

「玉藻様と正三郎さんの祝言が八朔のあとということなら、いささか暑さが厳しいが、今のうちに鎌倉に参られてはどうですね。離れ家の普請始めには施主が立ち会っていたほうがよかろうじゃありませんか。鎌倉行き、祝言、普請を八朔あとに詰め込むのは慌ただしいや。八朔前後に三つのことをばらしたほうがいい」

ふたりは日陰を伝うように開運稲荷《かいうんいなり》の前に出た。

すると女衆が開運稲荷の掃除をせっせとしていた。日差しを避けてか、手拭いを吹きながしに顔にかけて雑巾《ぞうきん》を使い、賽銭箱を拭っていた。

両人の気配に気づかないのか、振り向きもせずにせっせと雑巾がけを続けていた。

「ご苦労だね」

仙右衛門が声をかけた。

だが、背から察して年増女か、拭き掃除に熱中してか、暑さのせいか、言葉が耳に入らないようでひたすら動きを止める様子はない。

ふたりは西河岸に入った。いつもなら臭気にうんざりするのだが、今日は日陰が有難かった。それに路地を生ぬるい風が吹き抜けて、両人を蘇らせた。

「寄っておいでよ。この暑さだ、安くするよ」

局見世《つぼねみせ》（切《きり》見世）から気怠《けだる》い声がかかった。

「悪いな、お鶴《つる》さんよ。わっしらだ、会所の者よ」

仙右衛門の言葉に局見世から汗の光る顔を覗《のぞ》かせた女郎が、

「番方にお侍か、銭にならないね。せめてこの暑さをどうにかしてくれないか」

「暑さ払いは会所の務めじゃねえんだよ。もうしばらく我慢しねえな」

仙右衛門が答えて、どぶ板の上を縦に並んでゆっくりと歩いていった。

幹次郎は不意に思い出した。

「番方、澄乃《すみの》を本日は見かけておらぬが、どうしたのか」

澄乃は自ら願って吉原会所の女裏同心になった娘だ。

「おや、知らなかったかえ。本日は父親の月命日だそうだ。昨日のことだ、明日は休ませてほしいと七代目に許しを得ていましたぜ。神守様に願うと言っていましたがね」

「昨日はこちらの都合でな、すれ違いで会えなかった。それは気がつかなかった」

「澄乃、根性が据わっているな。いつ尻《けつ》を割るかと思っていたんだが、なかなかどうして頑張っていますぜ。神守様がいなくても澄乃が張り切って裏同心の役目を務めようじゃないか」

幹次郎は、このところ新入りの澄乃のことを考えに入れていなかった。次から次へと新しい出来事が出来《しゅったい》していたからだ。

「あの娘は大丈夫だ」

幹次郎は己に言い聞かせながら、柘榴の家に麻が来て、つい新入りに目が向いていなかったことを反省した。

「番方、われらの都合を先にしてよいかな」

「鎌倉行きの一件か。加門麻様だって、吉原とどこかで区切りをつけたい気持ちでしょう。それには旅がいちばんだ。わっしもお芳《よし》と所帯を持った折り、先祖の故郷の日光《にっこう》近くに旅しましたからな。あのとき、わっしは、この世が吉原だけではないことを知ったんだよ。むろん、頭では承知していましたさ。だが、実際に自分の足で歩いてよ、利根川《とねがわ》を渡ったり、日光を見たりするとでは大違いだ。そのことをいちばん承知なのは、神守様夫婦じゃねえですか」

ふたりは揚屋町の木戸口に差しかかっていた。

昼見世の最中だが、暑さのせいかどこも静かだった。

「天女池に立ち寄ってみようか」

と幹次郎が提案した。

「薄墨太夫がいないことをわざわざ確かめなくても、柘榴の家に戻れば顔が見られましょう」

「そうではない。客が天女池に飛び込んだと聞いたで、なんとなく水が見たくなったんだ」

「この暑さだものな」

ふたりは蜘蛛道の一本に入っていた。

蜘蛛道の住人もひっそり閑《かん》として物音ひとつしなかった。

風もなくじっとりと蒸し暑かった。

「ひなはどうしておる」

仙右衛門とお芳の子のことに触れた。

「ひなですか。爺様が一日中傍らに置いて顔を見て、にやにや笑ってばかりいるそうです。お芳は相庵《そうあん》先生のためにひなを産んだようだとぼやいてます」

「孫は可愛《かわい》いとよく世間でいうが、相庵先生もその口か。柴田《しばた》家三代、仲ようてなによりではないか」

「爺様は昼も夜もお構いなしだ」

仙右衛門が苦笑いした。

ふたりの前の視界が開けて、白い光が目を射た。

天女池は吉原の極楽だった。むろん客が立ち入ることはできない。だが、廓内に暮らす遊女やそれを支える住人たちにとって、客の気兼ねなしに四季の変化や水辺の光景を感じさせてくれる唯一の場所、それが天女池だった。

「さすがにだれもいませんな」

仙右衛門が言った。

「いや、おる」

と幹次郎が反論した。その視線は、野地蔵の前に両手を合わせる女に向けられていた。

「三浦屋の小花《こはな》、いや、新造になったばかりの桜季《さくらぎ》ではないかえ」

仙右衛門の言う通り、三浦屋の新造の桜季だった。

桜季は薄墨太夫に可愛がられた元・禿の小花であり、新造のひとりだった。

桜季の姉のおこうは、吉原の遊女小紫《こむらさき》だった。

だが、四年ほど前に吉原が大火に見舞われた折り、見知らぬ客といっしょに吉原の外へと逃げ出し、足抜《あしぬき》を企てた。

場合が場合だ。吉原じゅうを燃やそうという大火では、遊女たちを大門の外へと出すのが決まりだ。一方で火事が収まった折りには指定の場所に戻ってくるのが習わしだった。

小紫は、蜘蛛道で出会った湯屋黒湯《ゆやくろゆ》の女衆お六《ろく》に自分の打掛《うちかけ》を着せて殺して、自分が焼け死んだように偽装して足抜したのだ。

吉原では、焼け焦げた打掛から小紫が死んだと判断した。

だが、実際は火事の場でお六を突き殺す小紫を見て一目惚《ひとめぼ》れした佐野謙三郎《さのけんざぶろう》と江ノ島《えのしま》に逃げ、素知らぬ顔の半兵衛で暮らしていた。

男と女が大火事の中で出会い、一瞬にして意気投合し足抜を企てたのだ。

後日、仮宅《かりたく》から吉原が再建されて蘇る折り、結城《ゆうき》から野地蔵を背負って小紫の祖父の又造《またぞう》と妹のおみよが吉原に姿を見せた。

又造は、小紫の供養《くよう》にと野地蔵を吉原に持ち込むと同時に、妹のおみよを吉原に姉の代わりに奉公させたいと幹次郎らに願った。

幹次郎らは、又造の言動に疑いを持たなかった。

しかし、そのころ小紫ことおこうが江ノ島で生きていることが、大山《おおやま》参りの帰路、江ノ島に立ち寄った講中《こうじゆう》の目に留まり、その噂が会所に聞こえた。さらに又造がおみよを吉原に売った金子《きんす》をおこうに送ろうと企てていることに幹次郎らは気づいた。

幹次郎と仙右衛門のふたりは、おみよを売った金子を手にさらに別の土地に逃げ出そうとしていた佐野謙三郎とおこうを江ノ島に追い、鎌倉で始末した。

残ったのは妹のおみよだ。

姉に似て美形のおみよは、三浦屋の禿、小花として御用を務めることになった。

そのような事情をすべて承知していた薄墨太夫が自分の下で、禿修業を続けさせてきたのだ。

あの騒ぎから二年以上が過ぎていた。小花も禿から新造桜季に出世していた。

だが、このところ薄墨太夫の落籍話で三浦屋はてんてこまいをして、小花の新造話どころではなかった。

「桜季」

熱心に手を合わせる桜季に幹次郎が声をかけた。

桜の葉がお六地蔵と名づけられた野地蔵の周りに木陰を作り、時折り吹く風に揺れていた。

はっ、とした桜季が立ち上がって、手にしていたものを袖に隠すと、

「神守様」

と言った。

いつの間にか新造が板につき、桜季は一段と美形に育っていた。

「久しぶりであったな」

「はい」

と眩《まぶ》しそうに幹次郎を見つめる顔は、薄墨太夫の下で磨き抜かれた美しさが滲《にじ》み出ていた。

十五歳、今がいちばん美しい盛りだ。

「元気であったか」

「はい」

と短く返事をした。

「変わりはないかな」

幹次郎は薄墨太夫が姿を消した三浦屋での桜季の立場を尋ねたのだ。

「なにも変わりはございません」

と応じた桜季が幹次郎らに一礼し、三浦屋へと帰る素振りを見せて、不意に振り返った。

「薄墨様は、神守様のお屋敷におられるのですね」

と質《ただ》した。

「加門麻どのの考えもあってな、三浦屋の四郎左衛門様、会所の頭取らと相談の上、当分わが家に住むことになった」

「お元気ですね」

「息災《そくさい》にしておられる。向後のことを考えるにはしばらく月日が要りそうじゃ。そなたも承知のようにわが女房どのと麻どのは、吉原に手習い塾を持って教えておられる。そなたも塾に出ておろう。その場でならば、昔の太夫、ただ今の加門麻どのと話ができよう」

幹次郎が言った。

「もうよいのです」

険しい口調だった。

幹次郎はしばし思案し尋ね返した。

「なにがよいというのだ」

「いえ、薄墨様は薄墨様の道を歩まれておられます。もはや私どもとは、立場が違います」

と言い切ると、くるりと踵を返して桜の木陰から日差しの中へと歩き去っていった。

しばし沈黙が続いた。

「番方、なんぞ聞いておるか」

「桜季のことですかえ。三浦屋ではね、引込《ひきこみ》新造として育てるって心積もりだそうですぜ」

吉原に禿から入った娘たちは、十四、五歳になると新造と呼ばれる。もはや子どもではない。

新造には振袖新造、留袖《とめそで》新造、番頭《ばんとう》新造とあった。

振袖新造は直ぐには客を取らない女たちで、その中でも、

「これは」

と目を付けられた新造が引込新造と呼ばれる花魁候補の選良新造だ。

留袖新造は、禿上がりも多いが、容貌も気配りもよくないと妓楼の主に判断されたり、禿の経験がない遊女で、座敷持ちや部屋持ちになって客を取らされる。

番頭新造は年季を終えた遊女のことだ。楼のことや客のことをすべて心得た番頭新造は、花魁の世話をして客の見極めや応対を伝授し、花魁を守《も》り立てる役目

である。

「桜季は、薄墨太夫の跡目を継ぐことになるかもしれないか」

へえ、と答えた仙右衛門が、

「薄墨太夫に躾《しつ》けられて引込新造にとの声がかかろうという桜季だが、なんだか、苛立っている感じでしたね。薄墨という大きな存在が急にいなくなって、その下にいた振袖新造や番頭新造は、戸惑っているという話は小耳に挟みましたがね。三浦屋は旦那も女将さんもしっかりしていなさる。下手な騒ぎを起こさせることはありますまいが」

幹次郎と仙右衛門は桜季が姿を消した蜘蛛道を見た。

四

天女池から幹次郎と仙右衛門は、桜季が姿を消したと同じ蜘蛛道を抜けて、吉原の大楼三浦屋のある京町《きようまち》一丁目の前に出た。

そろそろ昼見世が終わろうという刻限もあって、張見世《はりみせ》には遊女の姿はなかった。

不意に暖簾《のれん》を分けて金多慎庵が姿を見せた。

「おや、慎庵先生、元気だな」

仙右衛門が思わず言った。

「番方、元気とは、どういうことか」

「だって、夏の暑さの中、昼見世に登楼とはお元気ではないかえ。そうか、慎庵先生の馴染が三浦屋にいたか」

「馬鹿者！」

と慎庵が仙右衛門を一喝して、手に提げた道具箱を見せた。

「番方、おまえは何年吉原でめしを食ってきた。遊びの客か仕事に来たのか区別もつかないか。お芳さんを女房にし、娘まで生まれたんだったな。柴田相庵先生の隠居所で、一家三人のうのうと暮らしているから、さような間抜けな判断をなす。暑さに頭の中が狂っておらぬか」

言い放った慎庵は、幹次郎に片目を閉じてみせ、すたすたと仲之町へ向かって元気よく歩いていった。

「しくじった、慎庵先生を怒らせてしまった。年寄りはどこも元気だな。だがよ、慎庵先生の療治を受けたのはだれだ」

仙右衛門が自問するところに遣手《やりて》のおかねが顔を覗かせ、

「番方、旦那が慎庵先生を呼んだのさ」

と応じた。

「そうか、四郎左衛門様はこのところ気苦労が多いもんな。うちの頭取も慎庵先生の療治を受けておられるし、元気とはいえ、夏の疲れが早年《はや》寄りに出てきたかね」

「番方、そんな言葉を知られるとうちの主様にも怒鳴られるよ。慎庵先生をこちらに回してくれたのはそっちの七代目」

おかねが事情を明かした。

「そうか、そういうことか」

応じた仙右衛門が、

「おかねさん、ちょいと訊きたいことがあるんだがね」

と不意に言い出した。

「うちに入るかえ、番方」

おかねが幹次郎の顔を見た。

幹次郎は、それがしは知らぬという風に顔を横に振った。

「遣手を会所の番方が口説くわけもないだろうよ」

「ないない。わっしは、家に恋女房がいる」

仙右衛門が軽口を叩き、

「いや、野暮用なんだ。ちょいと山口巴屋まで、おれっちと出られないか」

「うちでは都合が悪いことなのか」

「御用ということではないんだ、お節介《せつかい》はおれも承知だ」

おかねがしばし黙考し、

「ちょいと番頭さんに断わってくるよ。番方、案じなさるな、だれとどこに行くなんて言わないからさ。ふたりして先に行っていておくれ」

暖簾の向こうに顔を没させた。

ふたりは仲之町に出て大門へと向かった。

「桜季のことが気にかかったか」

と幹次郎が質した。

「三浦屋の抱え振新《ふりしん》まで、わっし風情が気にかけることもありませんや。だが、なんとなく案じられてね」

仙右衛門の言葉に幹次郎も頷いた。

仲之町を深編笠《ふかあみがさ》に面体《めんてい》を隠した侍がふたり三人と大門に向かっていた。

昼見世の客は勤番《きんばん》侍や旗本の奉公人が多い。武家方は、屋敷に夜詰めているのが決まりだ。夜の間に事が起こって留守をしていたという言い訳は通らない。それに夜見世より昼見世のほうが揚げ代も安い。そんなこんなで、懐の寂《さび》しい武士が昼見世の主な客になったというわけだ。

むろん町人の客もいた。こちらは何日も居続けるような、あぶく銭を持った得体の知れない客だ。

大門の前では面番所の村崎季光がふたりに視線を向けていた。

強い日差しに顎《あご》の無精髭《ぶしょうひげ》も見えた。その顎を手で撫《な》でて待ち構えていた。

「神守様、こっちから行きますか」

仙右衛門が江戸町一丁目に曲がった。

幹次郎は、村崎が当てが外れたという顔で無精髭の顎から手を離したのを見ながら番方に続いた。

その瞬間、幹次郎はだれかに見張られている感じがした。だが、それは一瞬のことだった。

江戸町一丁目に櫛比《しっぴ》する楼と楼の間に蜘蛛道が口を開いていた。この蜘蛛道に

客が入り込まぬように、

「客人盗人犬入るべからず」

と木札が掛かっていた。

その蜘蛛道から仲之町の七軒《しちけん》茶屋の一、山口巴屋の裏口に行けた。

「御免《ごめん》なさいよ」

と声をかけた番方が裏口の敷居を跨《また》いだ。すると台所では、女衆が茶を喫していて、その中に玉藻の姿もあった。

「どうしたの、番方」

玉藻が声をかけて仙右衛門の後ろに続く神守幹次郎に目を向け、幹次郎は竈《かまど》の前に正三郎が座っているのを見た。その視線に気づいた玉藻が、

「正兄さん、うちの台所を見に来たのよ。こちらで料理を作るのならば、先立って台所の具合や道具類を見ておきたいんですって」

とふたりに告げた。そして、

「神守様と番方がいっしょにうちの裏口から入ってくるなんて珍しいわね」

と言った。

「ちょいとね」

番方が玉藻を手招きして、小声で三浦屋のおかねが訪ねてくることを告げた。さすがに七代目頭取の娘だ、なにか事情を察したとみえて、

「ならば帳場《ちょうば》に通ってなさい。おかねさんが来たら直ぐに上げるから」

ふたりを引手茶屋の帳場座敷に招《しょう》じ上げた。

山口巴屋の主は四郎兵衛だ。だが、四郎兵衛が吉原会所の七代目に就いて以来、実質的な経営を玉藻が仕切っていた。そして、近々玉藻の婿として正三郎がこの引手茶屋に暮らすことになる。

正三郎は、婿に入ることよりも仕事第一に引手茶屋の台所の様子を確かめに来たのだ。

幹次郎は正三郎のそんな人柄に、

「玉藻様を裏でしっかりと支えてくれそうだ」

と改めて思った。

幹次郎と仙右衛門は、縁起棚のある帳場座敷に座した。

長火鉢があるが晩夏のことだ、火は入っていない。

なんとなく女主の帳場という感じの座敷にふたりが待っていると玉藻がおかねを連れてきた。

「山口巴屋の帳場に入るなんて何年ぶりかな」

とおかねが首を捻《ひね》った。

最前よりどことなく緊張が顔にあった。

玉藻が茶を仕度する間に、

「すまねえ、こんな真似をして。いやね、薄墨太夫がいなくなった三浦屋さんがどんな具合かなと思ったんだ。いや、大見世《おおみせ》(大籬《おおまがき》)の三浦屋の商いを会所の奉公人が心配するなんてお節介も甚《はなは》だしいや。それも分かってるんだがね」

と仙右衛門が言い訳をした。

「ふーん」

おかねが鼻で返事をして、

「薄墨太夫の抜けた穴は想像した以上に大きいよ。最前、揉み療治を旦那が受けたのもそんな気苦労があってのことだよ」

「やっぱりな」

「ふたりに説明する要もないが、ここ数年うちは薄墨太夫と高尾《たかお》太夫の二枚看板で商いを回してきた。ふたりの太夫の気性の違いもある、また武家の出と町人の出の違いもあって客筋も違った。それが急に一枚欠けたんだ。薄墨太夫を、いやさ、加門麻様を攫《さら》っていったのは目の前の御仁だ。どうしていなさる、麻様は」

おかねが突然幹次郎に尋ねた。

「向後のことを未だ考えつかぬようでな、姉様とあれこれ相談しているようだ。そんな気持ちの整理をするためか、鎌倉に行きたいそうだ」

と前置きした幹次郎は、三浦屋の主夫婦にこの話が伝わることを前提にして、鎌倉行きの話をした。そのとき、最前の「監視の眼」は麻に関してのことではないかと、ふと思った。

「幼い折りにおっ母《か》さんに連れられて鎌倉に行っただなんて、三浦屋のだれも知らないよ。廓の外に出た太夫が、いやさ、加門麻様がそんなことをね。で、神守様がお供かね」

「姉様もいっしょだ」

「それはなによりの話だ」

と応じたおかねが、

「うちはさ、高尾太夫ひとりになって、薄墨太夫に従っていた番新《ばんしん》、振新、禿、男衆《おとこし》とだれもが力が抜けたようでね、精彩がないやね。旦那も女将さんも分かっていたこととはいえ元気がないよ」

「そうか、そうだろうな。薄墨太夫の大きさは、いなくなってつくづく分かるな。だってよ、三浦屋一楼だけのことじゃないぜ、この暑さで客足が少ない時節とはいえ、吉原に活気がないもの。薄墨の花魁道中が見られないのは、寂しいもんだ」

仙右衛門が応じたところに、

えへんえへん

と幹次郎が空咳《からせき》をして、

「番方、そろそろ、そなたの胸の内をおかねさんに話さぬか。しびれを切らして楼に帰られるぞ」

「おお、そうだった」

と仙右衛門が少しばかり慌てた様子で、

「お節介だぜ」

「最前から何度同じ言葉を繰り返すのだ、番方」

とまた幹次郎に催促《さいそく》された仙右衛門が、

「新造の桜季のことだ」

と前置きして天女池で会った様子を語った。

「いやさ、薄墨様の供で禿だった桜季が天女池の野地蔵にしばしばお参りに行っていることはわっしも承知だ。大火事の最中に湯屋の下女を殺して足抜した小紫の妹の桜季がなにというんじゃない。ひょっとしたら、おかねさんから聞いたように、薄墨太夫がいなくなった空白を埋められずに野地蔵にお参りに行ってるだけかもしれねえ。だが、わっしはさ、なんとなくそれ以上の悩みを抱えているんじゃないかと勝手に考えたのさ。このこと、神守様はどう思うな」

仙右衛門が話を幹次郎に振った。

おかねは仙右衛門の話を黙って考えていた。

「それがしもただのお参りではないように思えた。だが、おかねさんの話を聞いて、薄墨太夫に従っていた面々がそれぞれに傷を負っていることに気づかされて、桜季の悩みもそんなことかとも考え直したところだ」

幹次郎は、薄墨太夫の存在がこれほどまでに大きかったことに、そして、己が伊勢亀半右衛門《はんえもん》と薄墨太夫の側からしか出来事を見ていなかったことに責任を感じていた。だが、こればかりは伊勢亀の隠居の遺志を薄墨太夫が素直に受け止めたと考えるしか、もはやどうにもならないとも思い直した。

覆水《ふくすい》盆に返らず、死者はもはや蘇らないのだ。

「そうか、番方も神守様もそう考えなすったか」

しばらく黙り込んでいたおかねが言い、番方が応じた。

「桜季が新造になったのは薄墨太夫が落籍された直後だったな。桜季の名を四郎左衛門様から頂戴して、ゆくゆくは振袖新造から引込新造へ、そして、何年かのちには薄墨の跡を継ぐ太夫にと三浦屋では考えていなさるのではなかったのかえ、おかねさん」

ふうっ
とおかねが溜息を吐《つ》いた。

「番方、薄墨太夫が桜季に手ずから書、文、芸事全般を教え込みなすったからね。旦那も女将さんも私も、桜季が三浦屋の米櫃《こめびつ》を支える花魁になると願っているよ。数年先にそうなるだろうとね。ところが」

と言ったところでおかねが幹次郎を見た。

「それがしが余計な節介をなしたか」

「いや、神守様の立場なら致し方がないさ、立派にお役を果たされたよ。伊勢亀の隠居の願いに応えて薄墨太夫にその意を伝え、うちの四郎左衛門様も女将さんも得心せざるを得ない見事な仕切りだった。あんなこと、神守幹次郎様じゃなきゃできやしない。そう思わないか、番方」

「おかねさん、わっしは、あんなぶっ魂消《たまげ》たことはないぜ。死人が花魁の身請《みう》けをしたんだぜ、その代人を吉原会所の裏同心が務めたんだ。長いこと、この御仁といるがよ、伊勢亀の隠居に、薄墨太夫に、会所の七代目に、そして、三浦屋の旦那にこれほど信頼されるお人だとは気づかなかった。おれなんぞ、足元にも寄れないお方よ」

「その神守幹次郎、いささか性急であったかのう、おかねさん」

「こんどの一件は、天のさだめとわたしゃ、思うことにしたよ。その矢先にさ、桜季が妙な考えに憑《つ》かれたような気がしてね」

とおかねが言った。

やっぱりな、という顔を仙右衛門がした。

「話してくれねえか。なんとかわっしらの手に負えることならば、働こうじゃないか」

「神守様、番方、この話、旦那にも女将さんにも口にしていないことなんだよ。そのことをまずふたりが呑み込んでくれないと、先へ進めないよ」

仙右衛門は幹次郎を見た。即座に幹次郎が首肯した。

「ここにいる三人だけの話としようじゃないか」

仙右衛門の言葉に今度はおかねが頷き、

「伊勢亀のご隠居の四十九日前後かね、旦那が小花を呼んで、新造への昇格を正式に告げなすった。その場には旦那と女将さん、番頭と私の四人に桜季だけだった」

と話し始めた。

「小花、おまえは今日から新造だ、名を桜季として売り出しなされ」

四郎左衛門が小花に告げ、

「小花、いや、桜季、薄墨太夫の跡目を継げるように精を出しなされ、よいな」

とさらに言い足した。

そのとき、おかねは小花の横顔を見ていた。

薄墨太夫の名を聞いた小花の頰が、ぴくりと動いた。

「旦那様、薄墨太夫はもはや加門麻様として生まれ変わり、この吉原にはおられませぬ」

「いかにもさようだ。桜季、おまえ、なぜ薄墨太夫が伊勢亀の隠居にあれほどの信頼と厚意を寄せられたと思うな。おまえも禿としてふたりの座敷で伊勢亀半右衛門様と薄墨の話を傍らで聞いていたであろう」

「おふたりは、私には分からぬ和歌や音曲《おんぎょく》や商いの話ばかりをしておられました」

「伊勢亀の隠居がなぜそんな話をするためにうちに登楼なされたと思う」

四郎左衛門の問いに桜季はしばらく考え込み、頭《かぶり》を振った。

「分からぬか。伊勢亀のご隠居は薄墨太夫の気持ちをすべて承知であった、それだけふたりは信頼し合っていたのだ。薄墨も遊女の手練手管《てれんてくだ》ではない真心をもってご隠居に接していた。ゆえに死に臨《のぞ》んで神守様にあのような落籍話を書付《かきつけ》として残され、神守様は伊勢亀のご隠居の気持ちに添って、私のところに見えた。私もな、妓楼の主を長年やってきたが、こんな話、聞いたこともない。おそらくこの先も起こりますまい」

と言った四郎左衛門が言葉を切り、桜季を見た。すると桜季が、

「旦那様、お客様のすべてに真心を尽くしていたら、女郎の身はもたぬ、とこの吉原に来て教えられました」

「桜季、それもこの廓では当たり前の教えだ。だが、遊女も客も銭で身を売り買

いするだけではない。そのこととは別に客と接するおまえなりの考えを持たねば、おまえが出世することはあるまい。そのことが分かるか」

「いえ」

と桜季がはっきりと否定した。

「おまえは、禿から新造に出世したばかり。これから振袖新造桜季として芸を磨き、然るべきときがきたら、伊勢亀の隠居様のようなお方に突き出しされて、その後の遊女としての道が開ける。突き出しが分かるな」

「はい。女になることです」

「女になるのではない、遊女になるのだ。それもこれも突き出しの相手によって、おまえの遊女としての道が決まる。薄墨太夫の今がそうであるようにな。分かったか、桜季」

四郎左衛門の言葉にしばし返答に間があった。

「旦那様、女将様、私は私の道を切り開いていきます。薄墨太夫の跡目は決して継ぎませぬ」

桜季の返答にその場の四人が言葉を失い、凍りついた。

第二章　新造桜季

一

幹次郎と仙右衛門は、三浦屋の遣手のおかねが引手茶屋山口巴屋の帳場から姿を消したあと、ふたりだけでその場にしばらく残った。

長い無言の時が続いたあと、

「なにが桜季にあったんだ」

仙右衛門が自問するようにぽつんと呟いた。

幹次郎は思案を続けていたが言った。

「薄墨太夫が落籍されたゆえ、桜季が変わったというわけではあるまい、偶々時期《たまたま》が重なったということはなかろうか」

「ふーむ、なんともな」

「おかねさんやわれらの知らぬことが、三浦屋でなにか起こったということはないか」

「薄墨太夫の落籍話と桜季の妙な態度が偶々重なったねえ。わっしには関わりがあるような気がしますがな」

仙右衛門は幹次郎の偶然説を否定した。

幹次郎も落籍話に関わりあることかと思いながらも、そう考えたくなかった。たしかに幹次郎の取った行動は強引であったかもしれなかった。だが、伊勢亀の死に際の頼みだ、断るわけにもいかなかった。なにより薄墨に有難い話として幹次郎は受け止めた。

一方、吉原の、特に三浦屋の朋輩衆《ほうばいしゅう》は別の見方をしたということが考えられた。ということは落籍話がただ今の桜季の言動を引き起こしたということもあり得る。

「そんな気がしたのだ、番方。それがしは落籍話の関わりの者だ。見方が偏《かたよ》っているかもしれぬ」

仙右衛門が腕組みして黙考した。

「桜季の周りでなにが起こったか。おかねさんは、なんとなく今年の正月くらいから桜季の言動が変わったようだと漏らしてましたな。たしかその時節には伊勢亀の隠居とは別の身請け話がありました。薄墨太夫には身請け話はいつものことだ。だが、どれにも薄墨太夫が乗り気になったことはなかったもんな」

と言った仙右衛門が幹次郎を正視した。だが、幹次郎は気づかぬふりをした。

「神守様が、桜季の変わり方と薄墨太夫の落籍は関わりがないと考えたいのはよく分かる」

桜季の姉だった小紫の激しくも大胆な気性と行動力を妹の桜季も秘めているのだろうか。禿として吉原に入り、新造になったとき、吉原暮らしに運と不運のふたつしかないことに気づいたのか。

姉は大火事の最中に吉原の住人を殺してまで足抜した。そして、偶然に小紫の殺しを見た佐野某と相模国《さがみのくに》江ノ島に逃げたのだ。だが、結局吉原会所に生きていることを知られ、始末された。

一方、薄墨太夫は、身罷《みまか》った伊勢亀半右衛門の遺言《ゆいごん》で吉原の外に出る幸せを得た。

吉原では、幸運より不運の行末《ゆくすえ》が断然多いのだ。

幹次郎は、十五の桜季がそのことを知って絶望しているのかと考えていた。

いや、それはあるまい、と幹次郎が胸の考えを否定した。そして、

「姉の大胆さを妹が引き継ぐなんてことがあるわけもなかろう。どうもそこがはっきりとせぬな」

「はっきりとしねえな」

とふたりは言い合った。

おかねは、正月が明けたころから桜季が、年下の禿などをねちねちと言葉で苛《いじ》めているようなところを見かけたという。ときに高尾太夫の新造とも口論に及んだらしい。

そのとき、薄墨太夫が桜季を呼んで懇々《こんこん》とその非を諭《さと》した。

また汀女と薄墨太夫が指導する手習い塾に通う桜季の様子もそのころから微妙に変わった。それまでとは違い、嫌々手習い塾に出ているようだと、おかねに見受けられたという。

薄墨太夫がそんな桜季の変化に気づいていなかったはずはない、と思った。

柘榴の家に戻ったら、麻に尋ねてみようと幹次郎は胸の中で決めた。

仙右衛門も同じことを考えていたらしく、

「麻様に考えを訊くのは神守様の役だ。わっしは、桜季に悪い考えを授けた者が

いるかどうか、三浦屋の周りから調べてみる」

と言った。

おかねは、改めて楼内の付き合いを調べてみると言い残して、三浦屋に戻っていった。

三浦屋内の調べは、会所の者にはできない。四郎左衛門のほうから相談を持ちかけられないかぎりふたりが動くのは難しい。

もはや三浦屋には薄墨太夫はいないのだ。

ともかく当分幹次郎、仙右衛門、おかねの三人で、桜季の行動を密かに見張ることにした。

そろそろ夜見世が始まる刻限が近づき、引手茶屋山口巴屋には、奉公人たちの動きが感じられた。

ふたりは入ってきたときと同じ台所の裏口から蜘蛛道に出た。そして、入ってきたときとは反対側の蜘蛛道の出口に向かった。その蜘蛛道は吉原会所の裏口に繋《つな》がっていた。

「大門の様子を見ていきますかえ」

と仙右衛門が言い、

た。

「よかろう」

と幹次郎は承知して、ふたりは会所の裏口を通り過ぎた。

暮れ六つ（午後六時）過ぎだが、西に傾いた日が大門に未だ光を差しかけてい

まばらだが大門を潜る客が見えた。

その向こうの面番所の前に帰り仕度の村崎季光が立っていた。

「裏同心どの」

村崎が仙右衛門を無視して幹次郎に手招きした。

仙右衛門は、待合《まちあい》ノ辻《つじ》から仲之町に変わりがないか見ていた。仙右衛門は村崎同心を毛嫌いしていた。ゆえにできるだけ顔を合わせることを避けていた。

一方、幹次郎は村崎の手招きを無視できなかった。それでも村崎の言いそうなことは推量がついた。そんな幹次郎の迷いを読んだように、

「御用出来《しゅったい》じゃぞ」

と村崎が声をかけてきた。

致し方なく幹次郎は、客の間を抜けて面番所に歩み寄った。

「なんぞ騒ぎが起こりましたか」

「見廻りをしておりまして、気づきませんでした」

「嘘を申せ。見廻りならば直ぐに気づく話だ。そなたと仙右衛門、わしに内緒でなにかこそこそと画策《かくさく》しておらぬか」

「面番所の腕利き同心どのの険しい目を盗んで、さようなことができようはずもございませんな」

幹次郎が肚《はら》にもない言葉を口にした。

「最前、そなたらはわしの顔を見て江戸町一丁目へと曲がったな。あのときから一刻《いっとき》（二時間）か、それなりの刻限が過ぎておる。どこでなにをしておった」

「ですから見廻りと申しましたぞ」

「それがおかしいというのだ」

「どこがどうおかしいのでございますな」

面番所の前で村崎と幹次郎が押し問答を続けた。

腰高障子が開かれた面番所では、村崎同心付きの小者《こもの》が話の終わるのを苛立って待つ様子が幹次郎に窺《うかが》えた。

「小者どのがお待ちですぞ」

「知らぬのか」

「わしの前で隠し通せると思うてか」

「村崎どの、われらの行いの詮議《せんぎ》より御用出来とはなんですな」

「おお、それもあったな。賽銭《さいせん》泥棒だ」

「賽銭泥棒ですと、稲荷社ですか。どこの稲荷社が賽銭泥棒に遭ったというので」

うむ、と答えた村崎が、

「たしか開運稲荷、と言うておったな」

村崎の返答は曖昧《あいまい》になった。

「はっきり致しませぬので」

「それがな、京町一丁目木戸番の長作《ちょうさく》がわしのもとへ、もぞもぞとそのことを届けに来たのだ。長作はぬけ作と呼ばれるくらい、頭に隙間風が吹いているような男であろうが。さようなことは会所に届けよと、わしが丁寧にも会所に仕事を回したところだ」

「それは恐れ入ります」

「その気持ちが大事なのだ。それをなんだ、仙右衛門め、わしの手招きを無視しおって会所に逃げおったわ」

「番方は、逃げたわけではありますまい。ところで村崎どのは賽銭泥棒のお調べに立ち会われないのでございますか」

幹次郎が仙右衛門のために言い訳して反問した。

「賽銭泥棒に付き合えじゃと。かような一件は吉原会所で間に合おう。わしは嫁に今夕は義兄が屋敷を訪ねてくるによって早く戻れと命じられておってな、早退致す所存じゃ。なれど、そなたらの動きが怪しいで、かように待ち受けておったところだ。番方とふたり、廓のどこへしけ込んでおったな」

村崎の問いはまた元へ戻った。

「見廻りと申しましたぞ。それより八丁堀《はっちょうぼり》にお戻りになるのが先ではござらぬか、愛しの女房どのがお待ちですすぞ」

「なにが愛《いと》しの女房か。そなたの家の女子と交換できれば、さぞよかろうと思う。どうだ、真剣に考えてくれぬか」

「前にも申しました。村崎どのの嫁女どのと話し合われるのが先でござる」

「なにがござるだ」

と応じた村崎同心が、

「おい、なにを愚図愚図《ぐずぐず》しておる、八丁堀に戻るぞ」

と面番所で待つ小者に不意に怒鳴って、さっさと大門を出ていった。

敷居を跨ぐ小者がぶつぶつと文句を言いながら、それでもぺこりと幹次郎に頭を下げて、すでに五十間道を行く主を追いかけていった。

その背を見送りながら、

「賽銭泥棒では金にならぬと踏まれたか」

と幹次郎が呟いた。

村崎同心にとって手柄になるか、金になる騒ぎでなければ自ら乗り出すことはない。吉原会所に働かせておいて、その上前を撥《は》ねるのが村崎同心のやり方だった。

ふうっ

と溜息を吐いた幹次郎は吉原会所に向かった。

会所には小頭《こがしら》の長吉が独りいた。

「番方はどうしたな」

「裏口から開運稲荷に出かけられましたぜ。番方から伝言があります。面番所の同心の手を逃れられたら開運稲荷にとのことです」

「よし参ろう」

踵を返すように会所の敷居を跨ぎ、仲之町から水道尻に向かった。

すると、京町一丁目から箱提灯《はこぢょうちん》が見えた。灯《あか》りの点《とも》った箱提灯の定紋《じょうもん》は、三浦屋の高尾太夫のものだった。

吉原の見物《みもの》のひとつが花魁道中だ。

妓楼から引手茶屋に常連客を迎えに行くことを旅になぞらえて花魁道中といった。

おおっ
という歓声が上がった。在所《ざいしょ》から江戸見物に出てきた男たちが華やかな花魁道中に驚きの声を上げたのだ。

長柄傘《ながえがさ》の下に高尾太夫がいた。

幹次郎は引手茶屋の軒下伝いに水道尻に向かった。

男衆、振袖新造、番頭新造、禿を従えた高尾太夫とは揚屋町の辻ですれ違った。

ふと高尾の眼差しが幹次郎に向けられたように思えた。そこで幹次郎は会釈《えしゃく》をした。すると高尾が大胆にも幹次郎を目顔《めがお》で呼んだ。

花魁道中の最中、太夫が会所の裏同心を呼びつけることなどまずない。大勢の見物客や素見《ひやかし》の中、幹次郎は高尾太夫に歩み寄った。

花魁道中は止まり、大勢が高尾と幹次郎を見ていた。

「なんぞ御用でございましょうか、高尾太夫」

「裏同心神守様、もう少し近くにお寄りやんせ」

幹次郎は致し方なく高尾の傍に歩み寄った。

今や仲之町の男衆の視線は、ふたりに注がれていた。

前帯の中から出た高尾の手に、扇子《せんす》が握られていた。その扇子を、
そろり
と音もなく片手で開いた高尾が幹次郎の顔に立て、小声で言った。

「神守様、わちきも薄墨太夫のような身請け話が聞きとうありんす」

と囁《ささや》くと幹次郎の返事も待たずに扇子を閉じて、なにごともなかったように外八文字《そとはちもんじ》をふたたび踏んで道中に戻った。

幹次郎はしばし茫然《ぼうぜん》と高尾の背を見送った。

改めて幹次郎は己が関わった一件が吉原じゅうの遊女たちに多かれ少なかれ驚き以上のなにかを与えていることを知らされた。

(それがしは身請け仲介人ではないぞ)

と胸の中でひとりごちた。

伊勢亀の隠居の頼みでなければ動かなかったのに、と言い訳したくなった。だが、高尾太夫にまであのような本気とも冗談ともつかぬ言葉を吐かれると、幹次郎はなぜか、女衒《ぜげん》呼ばわりされたような気がした。

むろん女衒は、在所から娘を買ってきて楼主に売り、口銭《こうせん》を稼ぐ仕事だ。そんな務めも吉原にとっては必要なものだった。

幹次郎はただ伊勢亀の隠居の遺志に添って動いただけだ。また高尾の言葉も幹次郎を非難したわけではなかった。

ふだんの高尾ならば、花魁道中の最中に吉原会所の裏同心などに声をかけることはあり得ない。それが声をかけるほどに薄墨太夫の落籍は遊女衆に大きな動揺を与えていたのだ。

幹次郎は水道尻へと歩き出した。

薄墨太夫の禿を務め、新造に昇進したばかりの桜季の不安は、幹次郎が考える以上のものなのだ、遊女衆の動揺が収まるまでには時がかかるな、と思った。

水道尻から京町一丁目の裏手の路地伝いに開運稲荷に行った。すると先に来ていた仙右衛門らがさほど大きくもない賽銭箱の裏側に付けられた鍵孔《かぎあな》に鍵を差し込もうとしていた。鍵を手にしているのは京町一丁目の当番扇屋《おうぎや》の男衆だ。

「番方、遅くなった」

と声をかけ、

「賽銭泥棒と村崎同心に聞いたが、盗まれたわけではないのか」

とさらに尋ねた。

「いや、賽銭箱に一文も入ってないのはたしかだ。長作さんが言うには、今朝方までそれなりのお賽銭がじゃらじゃら音を立てていたそうです。それがただ今は一文も入ってないのは分かっているんだ」

「錠は掛けられたままに賽銭が消えたか」

「ということです」

と応じた。

賽銭箱は半年に一度錠を解いて数え、他の榎本《えのもと》稲荷、明石《あかし》稲荷、九郎助《くろすけ》稲荷の賽銭と合わせ、会所が預かり、吉原の諸々の費えにするのだ。

幹次郎は廓内の四稲荷の賽銭が半年で相当な額になることを承知していた。それだけの賽銭が上がるのは、遊女衆が熱心に稲荷に願掛けして、

「運」

を得ようとしている証左《しようさ》であった。

「鍵は扇屋の帳場に保管されていたのだな」

「ああ、扇屋では師走《しわす》以来、だれにも貸し与えたことはないそうです」

「錠を壊すことなく開けるのは、並みの者にはできなかろう」

「その通りです」

と仙右衛門が応じたとき、

「開いたぜ」

と扇屋の男衆がこちらを向いた。見世番《みせばん》の泰造《たいぞう》だ。

「空《から》か」

「ああ」

と賽銭箱に手を突っ込んだ泰造が、

「あれ、なにか入っているぜ」

と四つ折りの紙片を摑み出し、仙右衛門に渡した。急いで紙片を広げた番方が、

「くそっ」

と罵《ののし》り声を上げ、幹次郎に見せた。そこには、

「四郎兵衛会所殿　賽銭受取候《そうろう》」

の一行があった。

二

開運稲荷の賽銭箱は会所に運び、仔細《しさい》に調べることになった。

錠前の孔には無理してこじ開けた痕跡はなかった。だが、椿油《つばきあぶら》か、油が孔に垂らし込まれた痕跡があった。

「錠前開けに慣れた野郎の仕業だな」

「鍵屋というのか」

仙右衛門の言葉に応じた幹次郎は、なにかを見落としているような気がしてならなかった。だが、この胸の閊《つか》えがなにか思いつかなかった。

錠前師は仕事の注文が少なくなった刀鍛冶《かじ》から転向した者が多かった。鍵を造る者が錠前師で、いろいろな錠前を売り、取り付けるのが鍵師、鍵屋だ。

開運稲荷の賽銭箱には唐《から》から渡来の蝦錠《えびじょう》がついていた。小さな賽銭箱ゆえ錠前も小さなものだ。それでも鍵を差し込まないで開けるのは素人《しろうと》には無理な話だ。

扇屋の男衆泰造が蝦錠を会所でも開け閉めしてみせた。

「鍵を差し込まないと開きませんよ、それもコツが要る。うちが預かっている鍵はこの一本だけですよ」

と会所の面々に言った。

「扇屋さんから鍵が持ち出されたなんて考えておりませんよ。それにしても廓内の稲荷社で賽銭泥棒なんて初めてのことですよ。なんともせちがらい世の中になりましたな」

奥座敷から表に姿を見せた四郎兵衛が嘆《なげ》いた。

「こいつはただの賽銭泥棒じゃなさそうだ」

四郎兵衛の手には賽銭泥棒が賽銭箱の中に残した、会所を揶揄《やゆ》するような「受取り」があった。

吉原にいる遊女にとって開運稲荷をはじめとした四稲荷は、悩みごとを打ち明けたり、願いごとをしたりする大切な心の拠《よ》り所だった。そのために身を売った稼ぎから少なからぬ賽銭を箱に投げ入れた。それが盗まれたのだ、なんとも腹立たしいことだった。

幹次郎の脳裏に、
ふわり
とひとつの光景が浮かんだ。だが、はっきりとその光景と賽銭泥棒が結びついたわけではなかった。

「賽銭泥棒は廓内に住む野郎でしょうね。だって廓内の四隅に稲荷社があるなんてほとんどの客は知りませんぜ」

小頭の長吉が言った。

「まず間違いあるまいな、錠前の開け閉めに詳しい者を洗い出すか。昔、吉原に来る前に錠前師であったか、鍵屋に奉公していたような男を洗い出すのだ」

四郎兵衛が言い、

「神守様、最前からなにか思案しておられるようですな」

と幹次郎に訊いた。

「七代目、賽銭泥棒を男と決めつけてよいのでしょうか」

幹次郎をその場の全員が注視した。

「なに、賽銭泥棒が女と言われますか」

四郎兵衛に首肯した幹次郎が、

「番方、われらが本日昼見世の最中に開運稲荷の前を通った折り、手拭いで日差しを避けた女が賽銭箱を拭き掃除していなかったか」

と仙右衛門に言った。

あっ！

仙右衛門が小さな悲鳴を漏らした。

「声をかけたが、女は賽銭箱を雑巾でえらく熱心に拭い、われらの気配にも気づかなかった。だが、顔を見られたくなかったから気づかないふりをしたのではないか」

「あの女、たしかに吹きながしで顔を覆《おお》っていましたな。開運稲荷社や賽銭箱の掃除は、当番の楼の奉公人が役目でなすのであったな。あの女、何者だ」

仙右衛門も幹次郎に応じて言った。

「番方、ただ今は賽銭箱の管理はうちだ。うちの女衆に賽銭箱の掃除をするような気の利く女がいたかな」

泰造が首を捻った。

「神守様、その女が賽銭泥棒に関わりがあると思われますか」

「扇屋さんの女衆に問い質せばわかることです」

金次《きんじ》が泰造に、

「泰造さん、おれと楼に戻ってくれないか」

と願い、

「おいさ」

と応じた泰造が金次と会所から飛び出していった。

しばしの沈黙ののち、

「賽銭泥棒が女とは思いませんでしたな」

四郎兵衛も言い出した。

「錠前に詳しい女がいるだろうか」

長吉が呟いた。

着物の縒《よ》りを湯気で戻す湯のしなど、格別な職種を除いて女の職人を奉公させないのが江戸時代だった。

「なにも錠前に詳しいのが男と限ったことではあるまい。それに女独りの仕業とも言い切れぬ」

「神守様、女だと言い出したのはおまえ様ですぜ」

仙右衛門が幹次郎に反論した。

幹次郎はしばし黙考し、

「七代目、昔から四稲荷の賽銭は、一年に二度、師走とこの時節に開く習わしですか」

と尋ねた。

「私が七代目頭取を引き継ぐ以前から一年に二度が習わしになっておりましたな。ですが、格別に日にちが決まっているわけではございません」

「ということは、この時節賽銭箱の中には正月からの賽銭が入っているわけですね」

「いかにもさようです。これまでの例で言えば、開運稲荷ならば八、九両近くは入っていたかもしれませんな」

「賽銭泥棒はそのことを承知の者ですね」

「だから、廓の住人と言ったじゃないか」

仙右衛門が苛立ったように応じた。

四郎兵衛は黙って幹次郎の言葉を聞いていた。

幹次郎がこのような問答を繰り返しながら考えを固めていくことを承知していたからだ。

「四郎兵衛様、開運稲荷の他の三稲荷の賽銭箱を調べてみてはいかがでございましょう」

「なんだって！　賽銭泥棒は開運稲荷ばかりではないというのか。榎本稲荷など三社の賽銭箱にも手をつけたと神守様は言われるので」

仙右衛門が甲高《かんだか》い声で問い質した。

「錠前を上手に開けた手口から、賽銭泥棒は開運稲荷だけで満足しただろうかと思ったのだ」

幹次郎の言葉に四郎兵衛が仙右衛門を見た。

「番方、四稲荷の賽銭を足すとそれなりの金額になりますぞ。神守様の指摘はもっともです。よし、番方、三稲荷に手分けして当たってみなされ」

四郎兵衛が仙右衛門の顔を見ながら命じた。

番方が素早く手配りをして、自らも先頭に立ち、会所から若い衆らと一気に姿を消した。

その場に残ったのは、四郎兵衛と幹次郎ふたりだけだ。

「賽銭泥棒ね」

と呟いた四郎兵衛が、

「神守様、正三郎と玉藻の仲人、三浦屋四郎左衛門様が快《こころよ》く引き受けてくれました」

「それはようございました」

「また祝言は八朔明け、重陽《ちょうよう》のふたつの紋日《もんび》の間、中日十五日に浅草並木町の料理茶屋で店を休んで行うことに汀女先生と決めたそうです」

と話柄《わへい》を振った。

「それはよかった」

「私は明日にも正三郎の実家の建具屋に挨拶に出向きます」

この話、正三郎の口を通して実家には伝わっているのだろうかと思った。

正三郎の実家の建具屋は、長男の孝助《こうすけ》が継いでいた。孝助と正三郎の両親はすでに他界していたから、正三郎の兄が親父代わりになる。

「七代目自ら参られますか」

「親の私ではなりませぬかな」

「仲人の三浦屋さんでも大仰でございましょうな」

と幹次郎が返し、返答を待たずに言った。

「建具屋ではどちらが参られても腰を抜かすほどに驚きましょう」

「といってこちらから願わなければ話が進みませんぞ」

「これからかくかくしかじかで、四郎兵衛様が明日挨拶に伺いたいとそれがしから伝えておきましょうか」

「私の先触れですか、恐縮至極ですが、そのほうが建具屋の孝助さん方も安心ですかな」

「それとも三稲荷の結果を待ちましょうか」

幹次郎の言葉に四郎兵衛が頭を振った。

「いえ、おそらく神守様の申される通りに三稲荷とも賽銭泥棒に遭っておりましょうな。空の賽銭箱がここに運ばれてくるまで時がかかります」

「ならば、私が正三郎さんの実家に先触れに出向きます」

幹次郎は五十間道の西側路地にある建具屋を承知していた。だが、通りがかりに職人が土間で働く光景を見るだけで中に入ったことはない。

仕事が立て込んでいたのか、この刻限に後片づけをしていた。

正三郎と顔立ちの似た孝助と若い職人ふたりだけの小さな建具屋だ。

実兄は正三郎より十歳以上も年上、四十前後と見えた。

建具師は、障子、襖《ふすま》の骨、欄間《らんま》、格子、連子《れんじ》を造る職人だ。だが、孝助の建具屋は、欄間や格子を造るような凝った仕事はしないようで、障子、襖を実直に造っている建具屋と思えた。

「御免、かような刻限に申し訳ない」

「会所の旦那」

孝助らしい男が肩脱ぎの袖を慌てて通して幹次郎を迎えた。

「正三郎になにか」

と孝助が案じた。

「正三郎さんの一件だが、案ずるような話ではない。それがしは使いでな、知らせに上がった」

「はあ」

怪訝《けげん》な顔つきを見た幹次郎は、末弟の正三郎がなにも長兄に話していないと判断した。

「狭いうちですが、家に上がってくだせえ」

「使いと言うたぞ。立ち話で結構だ」

「それではいくらなんでも」

「ならば、上がり框《がまち》に腰を下ろさせてもらってよいか」

「それで宜《よろ》しいので」

と言った孝助は奥に向かって、

「おい、吉原会所の神守様のお越しだ。冷てえ麦湯《むぎゆ》なんぞねえか」

と怒鳴った。

「手間をかける」

刀を外して上がり框に腰を落ち着けた幹次郎は、狭いながら綺麗に片づいた土間から板の間を眺めた。

実直な仕事は使う道具や仕事場に表われる。道具は手入れがきちんとなされて壁に掛けられていた。

孝助は分《ぶん》を心得た、腕のよい職人だと、幹次郎は思った。

「最近正三郎さんに会ったかな」

「いいえ、ご存じのようにあいつは並木町に住み込みでございまして、お互い仕事に追われて会っておりません」

そこへ女房が茶を運んできた。名は知らぬが幹次郎がこの界隈で何度か見かけた顔だった。

「茶しかございません」

と恥ずかしそうに幹次郎に供し、直ぐに下がろうとした。

「長居はせぬ。おかみさんもそれがしの話を聞いてくれぬか。そのほうがそなたらの手間も省けよう」

幹次郎が言い、
と孝助が言った。

「正三郎のことだと、おふじ」

「明日、会所の七代目がこちらに挨拶に参る。いきなり来られてもそなたらも慌てよう。そこでそれがしが先触れに参ったのだ」

「吉原会所の頭取がでございますか。慌てるどころじゃない、腰を抜かしますよ。おまえさん、正ちゃんがなにか」

おふじと呼ばれた女房の心配に孝助も顔を横に振った。

「正三郎さんだが、四郎兵衛様の娘の玉藻様と所帯を持つ話が進んでおる。そこで明日、四郎兵衛様がそなたらの許しを得んとこちらに参られる」

「ちょ、ちょっと待っておくんなせえ。神守の旦那、悪い冗談ですかえ」

「それがし、冗談などでこちらに参らぬ」

「ほんとの話ですか」

「それがし、こちらに伺うまで正三郎さんが兄のそなたに話しておるものと思うておった。どうやらなにも聞いておらぬようだな」

「知りません。たしかに引手茶屋の玉藻お嬢さんと正三郎は幼馴染でございました。料理人の道に進んだのも会所の四郎兵衛様のお力添えがあったればこそです。ですがふたりが夫婦になるなんて、身分違いも甚だしゅうございますよ」

「正三郎さんも何度もその言葉を吐いてな、それがしの話を最初は真に受けなかったのだ」

と前置きした幹次郎が掻《か》い摘《つま》んで経緯を告げた。

その話を聞いた孝助もおふじも黙り込んだままだ。どうこの話を受け止めてよいのか、戸惑っている風情だった。

「それがしと姉様は、いや、姉様というのはわが女房どのだ」

「汀女先生にございますね。正ちゃんがただ今世話になっているお方です」

おふじが応じた。

「姉様を承知か、話が早い」

「神守様、正三郎は承知したのでございますか。いえ、玉藻お嬢さんは、正三郎でよいと言われるんですかえ」

「それがしの家にふたりを呼んで話をさせた。われら夫婦は、よき伴侶《はんりょ》になろうと思うておる」

しばし沈思していた孝助が、

「そうか、神守様と汀女先生がふたりの間を取り持ってくださったのでございますか」

とようよう得心したように呟いた。そして、

「おふじ、どう思う」

と女房に質した。

「驚いたけど、玉藻お嬢さんと正ちゃんは妹と兄のように幼いころから気が合っていたもの。これもなにかの縁かしら」

「おふじ、正三郎はただの料理人だぞ。それを玉藻お嬢さんの婿だと、考えられないぜ」

「男と女の仲は千差万別よ。不思議なことが起こってもおかしくはないわ」

「そりゃそうだが、四郎兵衛様の婿だぞ。おれたち、どんな面《つら》で祝言の場に出ればいいんだ」

「おまえさん、私たちが呼ばれるって、だれが決めたの」

「ああ、そうか。神守様はよ、祝言は催すが、うちは呼ばないと言いに来られたのか」

「ご両者、勘違いでござる。四郎兵衛様も四郎左衛門様ももの道理を弁《わきま》えた方々だ。明日見えるのは、最前も申したが正三郎さんを婿にする許しを得るためだ」

「じょ、冗談じゃないぜ、神守様よ。頼むからそんなことをしないでくんなと、頭取を説き伏せてくだせえ。その代わり、わっしが明日四つ半（午前十一時）時分に会所に伺うからよ。だいたいこの話、月とすっぽんってもんだぜ。この界隈の職人もお店《たな》も吉原があるから長年商いをしてこられたんだ。その頭分《かしらぶん》が下っ端《ぱ》のところに見えるなんて、頓珍漢《とんちんかん》も甚だしいや。正三郎が、うん、と言った話ならば、うちになんの文句がありましょうか」

孝助が顔に汗を噴き出させながら一気に喋った。

「相分かった。そう四郎兵衛様に伝えよう」

幹次郎は一件落着と上がり框から立った。

「正三郎、大丈夫かね」

と孝助が案じ、

「大丈夫よ、傍らに裏同心の旦那がついておられるのよ。だって、薄墨太夫を落籍した伊勢亀の隠居の代理を務めたお方よ、おまえさん」

おふじの言葉を背に聞いて建具屋を出た。

三

幹次郎が会所に戻ってみると、さらに三つの賽銭箱が持ち込まれていた。

「おお、神守様よ、おまえさんの勘が当たったぜ。どこも賽銭が消えてやがる。いくらか銭が残っているが、この一日二日の賽銭のようだ。半年分は、きっちりと無くなっていた。開運稲荷と同じく錠前に油を差して釘のようなものを突っ込んで、器用に開けたようだ。だからよ、どこも鍵はあるべき場所にちゃんとあるんだよ」

仙右衛門が腹立たしげに吐き捨てた。

「ひとりだけの仕事じゃないかもしれませぬな」

四郎兵衛も幹次郎に言い、さらに、

「廓内《なか》の住人が一枚嚙んでいることはたしかなようだ」

と言い添えた。

幹次郎は頷いた。

「四つの賽銭箱を今晩はうちで預かり、明日面番所に見せたのち、それぞれの稲荷社に戻します。その上で早急に探索を開始しましょうか。吉原を虚仮《こけ》にしくさる」

四郎兵衛も立腹していた。

「相分かりました」

と答えた幹次郎は、四稲荷社の被害総額はいくらくらいか問うた。

「神守様、こいつばかりはだれにも分からねえ。ただ四稲荷合わせて正月以来の賽銭だ、これまでの例からいって、どう少なく見積もっても三十両近くは入っていたはずだ」

と仙右衛門が答えた。

「三十両ですか、大金だ」

吉原外の神社仏閣で半年で三十両の賽銭が上がるところはそうはあるまい。吉原ならではの金額だ。その賽銭には遊女の切なる願いが籠《こ》められているのだ。

「賽銭は会所が預かり、鉄漿溝《おはぐろどぶ》の泥さらえや五丁町《ごちょうまち》の掃除など、あれこれの費えに使われるものですよ。賽銭泥棒は、思いの籠《こも》った賽銭を盗んでいきました」

四郎兵衛は静かな声音だった。それだけに腹立たしさが伝わってきた。

幹次郎は、七代目が言うように外の者の他に吉原者が一枚嚙んでいるような気がした。手拭いで顔を隠した女が賽銭泥棒の一味なのか、今ひとつ判然としなかった。すると、仙右衛門が幹次郎の胸の中を読んだように、

「扇屋の女衆で本日賽銭箱の拭き掃除をした者はいないそうだ。つまりあの女は、神守様が指摘したように賽銭泥棒の一味か、手引きとみていい」

と言った。

「ただし他の三稲荷に女が見かけられたかどうか、夜見世の最中だ、調べようもない」

仙右衛門の言葉を受けて、

「番方の言う通り夜見世の刻限に訊き込みのしようもございますまい。各楼の商いに差し支えますからな。ともかく賽銭泥棒が金に手を付ける前に捕まえたいのですがな」

と四郎兵衛が幹次郎に願い、幹次郎は、

「明日から動きます」

と応じた。

「なんぞ手はありますかえ」

仙右衛門が幹次郎に尋ねた。

「いや、今直ぐは考えつかぬ」

幹次郎は正直探索の手立てが思いつかなかった。

外の者が噛んでの賽銭泥棒ならば廓の外から調べてみようかと幹次郎は漠《ばく》と考え、そのことを四郎兵衛や仙右衛門に伝えてみた。

「神守様の好きなように動きなされ」

四郎兵衛が許しを与えた。

「ならばわっしらは、四稲荷の管理をしていたそれぞれの楼から訊き込みを始めます」

仙右衛門が言い、四郎兵衛が首肯した。

「かようなときは別の騒ぎが起こることがままありますでな、しっかりと廓内の見廻りに出なされ」

その場にいた若い衆らに四郎兵衛が見廻りを命じ、仙右衛門もいっしょにいつもの会所の務めに戻った。

幹次郎だけが残った。

四郎兵衛には報告があったからだ。

「孝助さんは明日の訪《おとな》いを承知してくれましたか」

「いえ、それが」

建具屋夫婦とのやり取りを四郎兵衛に告げた。

「なんと、正三郎は兄さんの孝助さんに未だ話していませんでしたか」

「おそらく正三郎さんに考えがあってのことでしょう。それがしがこれから並木町に行き、正三郎さんに今夜の一件を話しておきましょうか」

四郎兵衛はしばし沈黙していたが、

「玉藻には今晩じゅうに話しておきます。神守様は汀女先生を通して、正三郎に明日にも話してくれと願ってくれませんか。これ以上、今晩神守様が無理をすることはございますまい」

四郎兵衛の言葉に幹次郎はしばし沈思し、首肯した。

桜季の一件があったからだ。

このことは四郎兵衛も知らない話だ。まずは麻に尋ねてから、先のことは決めようと考えた。

四郎兵衛は、

「孝助さんのほうからうちに出向いてくるねえ。世間様の習わしと逆さまなんだがな」

と呟いた。

四郎兵衛は孝助が挨拶に来ることを気にかけていた。

「世間様の仕来《しき》たりではもらう側が最初に挨拶に向かうのでしょう。ですが、この界隈のお店や職人衆の家に七代目が顔を出されると、何が起こったかと近所の住人が関心を持ちましょうな。事がちゃんと定まるまで、妙な噂になっても宜しくございますまい。なにより正三郎さんの主は四郎兵衛様と玉藻様です。奉公人の立場では、主から挨拶に来られては面目が立たぬと考えられたのではございますまいか。会所で孝助さんと会うのがよかろうかと存じます」

幹次郎の言葉に、

「それも一理ございますな」

ようやく四郎兵衛が得心した。そして、

「賽銭泥棒だなんて今日は妙な日です。神守様、今晩はこのまま家に戻りなされ。明日から出直してこの一件に取り組みましょうか」

と幹次郎に帰宅を許した。

そんなわけで幹次郎は、五つ（午後八時）過ぎに大門を出ることになった。

五十間道に早駕籠《はやかご》を乗りつける客や急ぎ足で大門に向かう男たちがいた。残り少ない夏の宵に吉原の馴染の遊女の顔を思い出したか、肌身が恋しくなったか。

そんな男たちの欲望に吉原は支えられていた。

この夜、幹次郎は五十間道の途中から浅草田圃《たんぼ》の間を通る道を選んで柘榴の家へと急いだ。

稲穂《いなほ》が黄金色に色づくには日にちがもう少々要った。

そんな田圃の上を蛍《ほたる》が飛んでいた。

ふと幹次郎は身構えた。

どこからともなく見つめられているような気がしたからだ。足を止めた幹次郎は、蛍が飛び交う明かりを見つめる風情で辺りに気を配った。

だが、「監視の眼」は消えていた。これで二度目だ。

(勘違いか)

と思いながら、吉原の裏同心もなかなか忙しいわい、と思ったりした。

そのとき、脳裏に句が散らかった。

蛍の灯《ひ》　浅草たんぼを　照らし出す

「ひどい五七五じゃな、駄句極まれりか」

幹次郎は浅草田圃の真ん中で声にして嘆息《たんそく》した。

吉原に向かうふたり連れの男が提灯を提げて通りかかり、幹次郎の姿に、ぎょっとしたように立ち竦《すく》んだ。

「驚かしたようじゃな、相すまぬ。蛍を見ておったら、頭の中に駄句が浮かんだのだ。だが、あまりひどいので、己の才のなさを嘆いていたところだ」

「吉原会所の裏同心のお侍かえ。風流だね」

ふたり組のひとりが言った。

言葉遣いから大工か左官《さかん》、職人衆のようだった。

相手は幹次郎を見知っているようで安堵《あんど》の声を漏らした。

「いかにも会所の神守でござる」

「旦那、大輪の花の薄墨太夫がいなくなって吉原の灯が消えたようだ、寂しくなったな」

提灯を持った男が言った。

「そなたたちが言うように薄墨太夫は廓の外に出なさった。だが、吉原には美姫《びき》三千が顔を揃えておられる」

ふたりはまさか幹次郎の家に元薄墨太夫、加門麻が同居しているなど知らぬ様子だった。

「薄墨太夫ひとりがいなくなってよ、美姫三千の姿が薄れたようだぜ」

「そう申されずに馴染の遊女衆と楽しんでこられよ」

幹次郎はふたりの遊客と別れようとした。

「あいよ」

と答えた先に言葉をかけてきた男が、

「旦那、駄句と言いなさったがどんな五七五が浮かんだえ」

「なに、それがしに恥を曝《さら》せと申すか、ううーん」

と唸った幹次郎は、勢いで最前の駄句を告げ、ふたりに背を向けた。すると、背中に、

「なんだって、『蛍の灯　浅草たんぼを　照らし出す』か。たしかにひどい五七五だな、そのままだもん」

という言葉が聞こえてきた。

柘榴の家では汀女が家に戻っていた。女三人に黒介がいる台所で夕餉《ゆうげ》の仕度がなったところに幹次郎が、

「ただ今戻った」

玄関先から声を上げた。すると麻が、

「お帰りなさいませ」

と上がり口に膝をついて挨拶し、幹次郎の手から大小を受け取った。

「姉上も戻っておいでです」

「そのようだな。外から賑やかな気配が感じられた」

「廓では変わりはございませぬか」

「あり過ぎたな」

「おや、なにが」

「最後には浅草田圃で行き違った職人衆のふたり組が嘆いておった。『大輪の花の薄墨太夫がいなくなって吉原の灯が消えたようだ』とな」

「大仰なお言葉です」

「いや、正直、そなたが抜けた隙間を吉原は埋め切れずにおるようだ。ふたり組

の職人衆に似た言葉は、あちらでもこちらでも聞く」

幹次郎は、麻の体から湯の香りが漂ってきたように思えた。

「姉上も料理茶屋で湯を使ってこられたそうです」

「それは羨ましい」

と言いながら、幹次郎は台所に通った。

火の埋《い》けられていない囲炉裏端に夕餉の仕度がなっていた。

「幹どの、着替えをなさる前に湯あみをなされませぬか。汗を流してさっぱりしたほうが気持ちもようございましょう。麻との話が聞こえてきました。幹どのだけが汗臭くては黒介にも嫌われます」

「ならば、井戸端で水を浴びようか」

幹次郎は袴《はかま》を脱ぎ、着流しになって井戸端に出た。

柘榴の家の西側には公儀の御畑が広がり、さらにその向こうに浅草田圃が、そして、吉原の万灯《まんどう》の灯りが煌《きら》めいて夏空を焦がしていた。

褌ひとつの幹次郎は釣瓶《つるべ》の水で何杯も水を被り、さっぱりとした。そこへ汀女が木桶《きおけ》の湯と着替えを運んできた。

「最後には湯で拭きなされ」

「おお、この季節だ。水でさっぱりとしたが、姉様の厚意じゃ、頂戴しようか」

幹次郎は、木桶の湯に手拭いを浸《ひた》して固く絞り、顔から胸へと拭いた。

「おお、水で濡れた体を湯で拭うとさっぱりとした」

幹次郎は御畑の緑の上を吹き渡る風を体に受けて、なんとも心地よかった。

汀女が幹次郎の肩に浴衣を着せかけ、新しい褌を差し出した。

「あとで姉様と麻に話がある」

浴衣に袖を通した幹次郎は濡れた褌を脱ぎ、さっぱりとした体に褌を締め直した。

浴衣の襟を合わせて帯を巻くと人心地《ひとごこち》がついた。

「麻はこの場から見る吉原の灯りを切なく思うそうです」

「無理もあるまい」

と答えた幹次郎が、

「姉様には先に言うておこう。四郎兵衛様から鎌倉行きの許しを得た。吉原の騒ぎに目処《めど》がつけば、旅に出ようか」

「麻が喜びます」

「うむ」

と答えた。

幹次郎と汀女が台所の板の間に戻ると、鯵《あじ》の焼き物に茗荷《みょうが》添え、揚げ出し豆腐などが出ていた。

黒介は、囲炉裏端に待機していた。

栢榴の家では、夕餉はできるだけ全員が顔を揃えて摂《と》るようにしていた。

「黒介、ごはんよ」

おあきが朝の残りご飯に魚の身を解《ほぐ》した餌を板の間の一角に置くと黒介が飛んでいった。

「黒介、行儀が悪いわよ、うちではみんなでいっしょに食するのよ」

汀女が言ったが、黒介は早餌をむさぼり食っていた。

「幹どの、吉原でなにがございました」

麻が幹次郎に酌《しゃく》をしながら訊いた。

近ごろでは汀女の呼び方を真似て、身内だけのときは幹次郎を幹どのと麻までが呼んだ。幹次郎もなんとなく受け入れていた。

「うむ、開運稲荷の賽銭箱の賽銭が盗まれたのだ」

「えっ」

と麻が目を丸くした。

「聞いたこともございません」

麻の言葉に頷いた幹次郎が仔細を話して聞かせた。

「幹どの、賽銭泥棒は女ですか」

「女独りの盗みではあるまい。錠前に詳しい仲間がおるとみた」

「遊女衆の気持ちの籠った賽銭を吉原の住人が盗んでいきましたか」

と汀女が幹次郎に問うた。

幹次郎は手にしていた杯《はい》の酒を呑み干した。

「これまで賽銭泥棒など会所では考えに入れてなかった。四稲荷の賽銭はいったん会所が預かり、鉄漿溝のさらえや仲之町の整備の費えに使われるそうだ。何年も会所にいるにも拘《かか》わらず、それがし、こたび初めて知った」

「私も存じませんでした」

幹次郎は、銚子の酒を汀女と麻に注《つ》いだ。その銚子を麻が取り、空になった幹次郎の杯を満たした。

「黒介ではないが、先にひとりだけ呑んでしまったな」

三人は杯を上げてそれぞれが口に持っていった。

夕餉に家の者が揃った折り、二、三合ほどの酒を三人で呑む習わしができた。

「姉上、幹どの、ご酒《しゅ》がこれほど美味《おい》しいものとは、知りませんでした。一杯の酒《ささ》が喉を通るときもしみじみとした味わいを感じます。幹どのと姉上にどれほど感謝してよいか」

「麻、伊勢亀のご隠居の計らいにまず感謝致せ、われらはもはや身内じゃ」

「はい」

と嬉しそうに麻が答えた。

「賽銭泥棒の一件の目処が立ったら鎌倉に参ろう」

幹次郎の言葉に麻の顔がさらに上気した。

「ところでおあき、留守の間じゃが、黒介だけが残されるが大丈夫か」

「お父つぁんが夜の間、この板の間に泊まりに来ることになりました」

「おお、すでに手配は整っておるか。ならば、件《くだん》の一件を一日も早く解決せねばならぬな」

「幹どのの目算《もくさん》では何日ほどかかりそうですか」

「廓内の者が絡んでおるならば、二、三日内に目処が立とう。それがしは吉原の外から探索しようと思う」

と幹次郎が答え、

「姉様、本夕、正三郎さんの兄御に会ってきた。驚いたことに正三郎さんは未だ実の兄に祝言の話をしていなかった」

と前置きした幹次郎が孝助への訪いの経緯を告げた。その上で、

「姉様が明日正三郎さんに、今夕それがしが訪ねた一件を話してくれぬか」

「分かりました」

と答えた汀女が、

「未だ正三郎さんたら玉藻様と所帯を持つことに迷いがあるのかしら」

と首を傾げた。

四

その夜、おあきが自分の部屋に下がったのち、囲炉裏端で幹次郎は桜季の話を麻にした。麻は驚きの顔で桜季の近況を聞いていたが、話が進むにつれて、憂《うれ》い顔に変わった。

話が終わっても麻は直ぐに口を開かなかった。長い沈思のあと、

ふうっと吐息を漏らした。

「幹次郎様、思い当たる節がないわけではございません。桜季が四郎左衛門様に近々新造になると伝えられたのが、去年の冬でした。当初は新造に出世できることを喜んでおりました、ですが、今年になってから朋輩衆に口答えするようになったと聞きました。折りを見て、そのようなことが繰り返されるならば注意をしようと考えておりました。そんな中、高尾太夫の新造と摑み合いの喧嘩をなしたと遣手のおかねさんから聞かされて、桜季を呼んで厳しく注意しました」

吉原の大楼でも三浦屋は別格だ。

なにしろ売れっ子の薄墨太夫と高尾太夫の二枚看板を抱えている楼は、三浦屋の他にない。しかし楼内で太夫同士が対立するようなことはない。

もっとも、その下の禿、新造の女衆や男衆は、つい対抗意識を持って冗談交じりに言い合うようなことはままあった。

だが、摑み合いの喧嘩となれば事は違う。

薄墨は桜季を注意したあと、まず高尾のもとへ詫《わ》びに行った。だが、高尾はその事実を知らなかったようで、

「薄墨さん、争いごとは一方が悪いのではございますまい。私も新造に注意しておきます」

と薄墨の詫びを快く受け入れたという。

「その折りの桜季の態度が、いささか気にかかっておりました。どう申せばよいのか、高尾太夫と私の話が他人事《ひとごと》のような、そんな様子に見えました。私は私の座敷に戻った折り、またかような真似を繰り返したら、旦那様、女将さんに申し上げて、私の下から外させますと強く戒告《かいこく》を致しました」

「その折り、桜季から詫びの言葉があったのかな、麻」

「口ではございました。ですが、今思えば、心の伴わない通りいっぺんの返答であったかと思います。ともかくそれ以後は、私の耳に入るようなことはなかったかと」

「麻、なぜ桜季は変心したのであろうか。新造になって不都合が起こったのであろうか」

「禿から新造になったことで、なにか不都合を生じさせたとは思いません。それより今思えば、桜季は廓内でだれか知り合いができたのではございますまいか、その者の影響を受けてのことかと思います」

うむ、と幹次郎が考え込んだ。

「それは男ということか」

「いえ、そこまでは分かりませぬ。あれこれと桜季に吹き込む者がいて、桜季は楼の中の仕来たりを粗雑《そざつ》に考えるようになったのか。いえ、これは私の推量にございます」

幹次郎はまた黙考した。

「幹どの、なにを考えておられます」

と汀女が訊いた。

「桜季の姉は大火事の最中、吉原の湯屋の女衆を殺《あや》めて、その夜出会った佐野某と足抜した」

「江ノ島、鎌倉まで追って始末したのは幹どのです」

「それが務めだ」

と応じた幹次郎は、言葉を繋いだ。

「もし、姉の足抜と死の真実は桜季の知ることと違うといったことを桜季に吹き込んだ者がいるとしたらどうなろうか。むろん、この考えも麻と同じくただの推量だ」

こんどはふたりが沈思した。

汀女が最初に顔を上げ、

「桜季、元はおみよさんが爺様と野地蔵を抱えて吉原に来たのは十三歳のころでした。姉、小紫の代わりに三浦屋に禿として奉公致しましたな。妹のおみよさんは故郷で祖父の又造さんと両親が話していることを偶然耳にし、姉が吉原の火事で死んではいないことを知り、その姉を助けるためにと吉原に身を売ることを決心しました。その後、小紫を幹どのと番方が始末しましたな。

幹どのはおみよさんに小紫が死んだことは告げましたが、足抜するために他人を犠牲にしたことまでは告げませんでした。おみよさんとしては、姉が足抜したことと、逃亡先での姉の死だけをただ知らされたのです。ですが、事実は大きく違います。小紫は吉原の住人を殺してまで足抜し、会所に始末されたのです」

「姉様、さような経緯はそれがしも麻も承知だ」

「幹どの、しばらく辛抱をなされませ。私はばらばらに思い出すことを話しながら整理しているのですから」

「おお、これはしまった」

「最前の幹どのの推察が当たっているかと思います。いっしょの解釈です。新造の桜季さんに小紫の足抜の事実を歪《ゆが》めて、会所の命で幹どのが殺したとかなんとか吹き込んだ者がいたとしたら、桜季さんは、ああ、吉原とはそんなところかと考えを変えたと思われませぬか」

「あり得る。だがな」

「どうしました」

「それはこれから調べて分かることだ。抱えの新造に虚言《きよげん》を弄《ろう》するような者を、会所は許すことはできぬ」

幹次郎の言葉に汀女と麻が頷いた。


翌朝、朝餉ののち、汀女と幹次郎は、麻とおあき、それに黒介に見送られて柘榴の家を出た。

浅草寺寺中を横目に随身門《ずいじんもん》から境内に入り、本堂の前で夫婦は合掌した。

刻限は五つ半(午前九時)の頃合いか。

汀女は、並木町の料理茶屋山口巴屋に向かうのだ。

一方、幹次郎はこの界隈を縄張りにする南町奉行所定町廻《じようまちまわ》り同心の桑平市松《くわひらいちまつ》に会おうと考えていた。桑平とは、この浅草寺境内で出会うことが多かった。むろん浅草寺は寺社奉行の監督下にある。

元々寺社の門前地も寺社奉行の管轄だった。だが、門前町まで寺社奉行の支配地だとなにかと不便というので、延享《えんきょう》二年（一七四五）に幕府は門前地にかぎり町奉行の監督下に変えた。

合掌した手を解いたとき、

「夫婦ふたりして仲のよいことだ」

と背中で声がした。

振り返らずとも桑平市松と分かった。

「差し障りがござるか、桑平どの」

振り向いて尋ねた。

「差し障りどころか世間の手本になろうじゃないか」

と応じた桑平は小者と御用聞きを従えて見廻りの最中だった。

むろん境内は寺社方の支配地だ。

そこで寺参りという体《てい》を装い、騒ぎがないように見廻るのも桑平の務めだ。騒ぎの対応には、寺社奉行の同心より断然町奉行所の同心が慣れていたからだ。

寺社奉行と町奉行の曖昧な監督境界を見廻るのも桑平の務めのひとつだった。

「これは桑平様」

汀女が挨拶し、

「幹どの、私は並木町に参ります」

と言い残し、別れていった。

「よいのか、幹どのはごいっしょしなくて」

「それがしの用事は桑平どのにござる。浅草寺にお参りしたおかげで探さずに済んだ。霊験《れいげん》あらたかです」

幹次郎が笑った。

「野暮用ではなさそうな」

と言った桑平が小者に茶店に話をつけてこい、と命じた。

境内の中にある茶店に小者が走っていった。

「わしで役に立つことか」

「鍵屋か錠前師で悪さをした者をご存じありませぬか」

「おや、吉原では鍵でお困りか」

桑平は境内にある茶店に幹次郎を連れていった。

小さな池の端にある老女弁財天《ろうじょべんざいてん》の茶店だ。水辺に近い縁台を小者の庸三《ようぞう》が押さえていた。桑平らの馴染の店なのだろう。

「ここの串団子はなかなか美味《うま》い。どうだ、裏同心どの、賞味してみぬか」

「朝餉を食したばかりです。茶だけ頂戴します」

頷いた桑平が腰から一本差しの刀を抜いて腰を下ろした。

幹次郎も倣《なら》った。

廓内の四稲荷の賽銭箱から手際よく賽銭だけ盗まれた経緯を幹次郎は語った。

その途中で茶が運ばれてきたが、茶店の女が無言で供する間だけふたりは黙した。

茶店の女はそんな桑平の様子に慣れているのか、声もかけずにすうっと消えた。

「ほう、賽銭泥棒な。そちらは稲荷社といえども寺社奉行監督下にはないな。もっとも吉原の管轄は隠密廻り、同じ町奉行所内であっても定町廻りに出番はなかろうが」

と言った桑平が、

「鍵孔に油が塗られてさほどの傷もなく錠前が外されたか。四つの賽銭箱にはおよそいくら入っていたと会所では推量しておるな」

「半年分の賽銭が四稲荷で三十両と、これまでの例からみて推量されます」

「さすがに吉原だな。小さな稲荷社四社の上がりが半年で三十両か。そりゃ、錠前師や鍵屋が目をつけても不思議ではないな」

「かような事情は廓内の住人、それも一部の人しか知らぬ事実ですでな、廓の住人が一枚嚙んでおると考えております。こちらのほうは、番方が今朝方から調べておるはずです」

「で、裏同心どのは、錠前師は廓の外の輩《やから》と睨《にら》んだというわけか」

「そういうことです。お心当たりがござろうか」

「ないこともない。じゃが、わしの知る錠前師は、島流しに遭ってな、今ごろ八丈島《はちじょうじま》にいよう。島抜けしたという話も聞かぬゆえ、あやつは関わりあるまい。しかし、その筋から当たってみる、一日二日時をくれぬか。ああ、そうだ、二日後のただ今の刻限にこの茶店でどうだ」

「承知致しました」

幹次郎は茶を飲み干し立ち上がった。

大門に辿《たど》り着いたとき、その界隈にはだれもいなかった。

まだ昼見世にも早く、昨晩泊まった客は大半がもはや吉原を出ていた。

仲之町と揚屋町の辻で馴染の花売りの老婆が筵《むしろ》を敷いて商いをしていた。なぜか会所の飼犬遠助が花売りの傍らの日陰で寝ていた。

吉原にいちばんゆったりとした時が流れている頃合いだった。

不意に村崎季光が姿を見せて、幹次郎の前に立ち塞《ふさ》がった。

「おい、裏同心、開運稲荷ばかりでなかったそうだな、他の三稲荷の賽銭も盗まれたというではないか」

村崎の言葉とともに酒臭い息が漂った。

「お聞きになりましたか」

「番方どもが忙しく動いているで、わし自らが問い質した。そしたらようやく長吉がかくかくしかじかですと白状しおった」

村崎が言葉を吐くたびに酒の饐《す》えた臭いがした。昨夜は義兄とよほど聞《きこ》し召したらしい。

「白状、ですか」

「なにかおかしいか」

「まるで会所が面番所を毛嫌いしているような言い方ですな」

「会所の監督は町奉行所隠密廻りがしておるのだ。当然この村崎季光に真っ先に報告があって然るべきではないか」

村崎が憤然《ふんぜん》として言い放った。

「当然でしょうな」

「であろうが」

幹次郎はしばらく村崎の無精髭の生えた顔を見ていた。

「なんだ、わしの顔になにかついておるか」

「村崎どのは、いつ出勤されましたな」

うむ、と返事を言い淀《よど》んだ村崎が、

「つい最前じゃ」

と告白した。

「それでは報告しようにも報告できないではございませぬか」

村崎が黙り込んだ。そして、ぼそぼそと言い始めた。

「わしが大門を潜った折りには、金次らが大門内にいたのだぞ。その折りになぜわしに報告せぬのか」

「村崎どの、会所の若い衆がぺらぺらと面番所の同心に喋るような真似は、七代目が許しておられませぬ。必要なときは、四郎兵衛様自らか番方の仙右衛門どのが村崎どのに報告致します。それがこれまでの仕来たりでしたな」

「まあ、そうじゃな」

村崎の語気がだんだんと弱くなっていった。そこで幹次郎が村崎同心の気持ちを擽《くすぐ》った。

「村崎どのはさすがに敏感《びんかん》だ。なにかを感じて小頭に尋ねられた。ゆえに賽銭泥棒の一件を知られた。もっとも開運稲荷の賽銭泥棒のことは村崎どの、そなたは昨日から承知でしたな」

「それはもう」

「ところが義兄どのが八丁堀の屋敷に見えるとか、早々にお帰りなされた。そして、出勤はそれがしが来る前、つい最前のことのようだ。そこで小頭の長吉を問い質し、その後の経緯を聞かされた、ということですな」

「まあ、そうだ」

「どこぞに吉原会所の遅滞《ちたい》がございますかな」

村崎が己の足元に視線を向けて呟いた。

「まあ、ないといえばない」

「では、面番所と吉原会所は円滑《えんかつ》に手を握り合っておると考えて宜しゅうござるな」

と足元を見ていた視線を上げて幹次郎を見た。

「裏同心どのはなぜわしより遅い出勤か」

と一矢《いっし》を報《むく》いたいのか、村崎が質した。

「朝稽古に行ったのか」

「はい、と答えたいのですが、昨晩はいささか床に就くのが遅うございました。ために不覚《ふかく》にも朝寝坊を致しました」

「なんだ、そなたも緊張が足りぬのではないか」

「申し訳ございませぬ」

幹次郎は村崎同心を追いつめただけでは、いつ町奉行所の権威を振り翳《かざ》して反撃してくるか分からぬゆえ、村崎に花を持たせることにした。

「裏同心どのは、家にはふたりの美形を住まわせて朝寝な。よいご身分じゃな、隠密廻り同心なんぞにはできぬ相談じゃ」

嫌みを言うのを聞き流した幹次郎は会所に足を向けた。

「まあ、な」

会所の上がり框には仙右衛門が独りいた。

土間には四つの賽銭箱があった。

どうやら若い衆は、廓じゅうを訊き込みに回っているらしい。

「番方、なんぞ廓内で摑めたかな」

仙右衛門が頭を振った。

「開運稲荷でわれらが見かけた女ですが、九郎助稲荷で京町二丁目の裏店《うらだな》に住む仕立屋のおかみさんに見られていました。わっしらが開運稲荷で見た前日のことのようです。手拭いを吹きながしに顔を隠しているところ、それに何度も水を潜ったような木綿縞《もめんじま》と、形《なり》はよく似ています。仕立屋のおかみさんはちらりと見ただけですが、あれはだれだろうと思ったそうです」

「女はひとりだったのかな」

幹次郎の問いに仙右衛門が頷き、

「賽銭箱を雑巾で拭っていたそうです」

「開運稲荷の女と同じとみてよさそうだな」

「まず間違いありますまい」

と番方が答えたところに長吉をはじめ、若い衆がぞろぞろと戻ってきた。その中に女裏同心の澄乃もいて、幹次郎を見ると、

「昨日はお休みをもらいまして父の月命日に寺に行ってきました。神守様にお許しを得ることができなくて申し訳ございません」

と詫びた。

「こちらの頭取は四郎兵衛様だ、七代目のお許しがあればそれがしの許しなど必要ない。それにこのところ、それがしも雑多な用で忙しくして、そなたと顔を合わせることがなかった」

と幹次郎が言い、澄乃がはい、と頷いた。

昼見世がそろそろ始まる刻限だ。

会所の若い衆には大門前で立ち番の務めがあった。

「神守様、番方、未だ女の身許が摑めねえんだ」

長吉が言った。

「そう容易くは摑めないだろう。地道に探索を続けるしかあるまい」

と幹次郎が答え、長吉らは大門の立ち番にまた日差しの下へと出ていった。

幹次郎は、麻の鎌倉行きは当分だめだな、と考えていた。

そのとき、奥から四郎兵衛が幹次郎と仙右衛門を呼んだ。

第三章　錠前師

一

　本日も四郎兵衛は慎庵の鍼灸揉み療治を受けたようで、ふたりが茶を喫しながら話をしていた。

「慎庵先生が話をしてくれたのだがな、奥山《おくやま》に、手足に鎖《くさり》をされて大桶に水を張った中に放り込まれる見世物があるそうな。並みの者ならば水に溺れて死ぬな。そのぎりぎりのところで浮かび上がってきて、拍手喝采《はくしゅかっさい》を受ける芸人だそうだ」

「七代目は、そいつが賽銭箱の鍵を開けたと申されるので」

「番方、そうではない。だが、蛇《じゃ》の道は蛇《へび》だ。この辺に訊くのも手かな、と思いついて四郎兵衛様に話しただけだ。では本日はこれにて失礼しますよ」

と慎庵が座敷を出ていった。

「なんとのう、慎庵先生の療治を受けながら話が聞こえてきた。賽銭泥棒の探索に手こずっているようだな。そこでつい慎庵先生に話をしたら、最前の話になった。まず奥山の芸人がうちの賽銭箱に目をつけるとも思えない」

四郎兵衛が言い、

「七代目、申し訳ございません。もう少し日にちを貸してくだされ」

と仙右衛門が願った。

「四郎兵衛様、番方、それがし、桑平市松どのに会い、錠前師で悪さに加担《かたん》しようという輩はおらぬか調べてもらうよう願ってきました。こちらももう少し時を貸してくれということで、明後日に浅草寺の境内で会うことになっています」

「面番所の村崎様ではなんの役にも立ちませんからな」

仙右衛門が言った。

「番方、まあ、そう言いなさんな。あのお方はあのお方で使い道がないことはない。妙に鋭敏《えいびん》な同心どのが村崎様に代わったとしたら、却って厄介ですぞ」

「それはそうですが」

仙右衛門も得心した。

「神守様の手中に村崎同心はおられる、ゆえに私どもは自在に動けるのですぞ」

四郎兵衛が言い、

「ともあれ二、三日で決着をつけたいもので」

と最後に会所の腹心ふたりに言い渡した。

仙右衛門と幹次郎は会所の表に戻った。

空の賽銭箱が四つ土間に並んでいる光景は、なんとも虚《むな》しかった。

「神守様よ、桜季の一件、麻様はなにか言いましたか」

「昨晩、姉様を交えて三人で話した。桜季が妙な振る舞いを見せ始めたのは、偶然かもしれぬが小花が禿から新造に出世し、桜季と名をもらうと告げられた前後らしい。ひょっとしたら桜季の姉の一件を捻《ね》じ曲げて桜季の耳に吹き込んだ者がいるのではないかと。それで桜季は吉原も会所も信じられぬようになった。その上、薄墨太夫がひとりだけさっさと廓の外に出ていったことも重なってのことではないかと、われら三人の衆議《しゅうぎ》が決したところだ」

「そうか、桜季は姉の小紫がどんな所業をなしたか、三浦屋に入った折りは知らなかったもんな。ところがその小花に、いやさ、桜季に会所の始末をほのめかすようなことをした者がいるというわけですか」

「われら三人の話はそちらに行きついた。正しいかどうか分からぬがな」

「小紫は湯屋の女衆お六に自分の打掛を着せかけて殺し、元小田原《おだわら》藩根府川《ねぶかわ》関所の下役人の佐野某と足抜して江ノ島に逃げ、のうのうと暮らしていた女ですぜ。わっしらが鎌倉で始末したのは、温情だ。吉原に戻れば、人殺しと足抜で白洲に送り込まれる。死罪より厳しい沙汰《さた》が下ると知れている。それを神守様とわっしが始末したのだ、あの行い、恨《うら》まれる覚えはございませんぜ」

「いかにもさよう。その上、桜季が妙な行いをなすならば、三十両もの大金を出し、おみよを禿にした三浦屋の旦那の厚意に背《そむ》くことになる」

「どうするね、神守様」

長いこと神守幹次郎は沈思した。

「ちと考えたことがある」

幹次郎は会所の戸を引いて表に出た。

大門前では金次や澄乃が立ち番をしながら昼客を迎えていた。

「澄乃、付き合ってくれぬか」

と幹次郎は声をかけた。

一刻後、昼見世が終わる刻限、幹次郎は澄乃を伴い、三浦屋の帳場にいた。澄乃の形《なり》は髪が短いながら女の姿に戻っていた。

「なんですね、神守様」

四郎左衛門が幹次郎と澄乃を見た。

「異《い》なお願いに参りました」

「ほう、なんでしょうな。うちと神守様の間柄です、単刀直入に言いなされ」

「旦那様のお言葉に甘えて申します」

「どうぞ」

「過日、薄墨太夫の最後の花魁道中にこの澄乃が加わったこと、覚えておられますな」

「つい最近の話です。忘れるほど耄碌《もうろく》はしておりませんぞ」

「澄乃は会所勤めより遊女の暮らしがいいと言い出したのでございます。折角《せっかく》会所に馴染んだときではないか、少し辛抱せよと命じたのですが、どうしても花魁になりたいと言うのです。こちら、三浦屋で預かっていただけませぬか」

と一気に喋った。

四郎左衛門も女将の和絵《かずえ》も呆《あき》れたという表情をしていたが、

「薄墨太夫の道中に加わったことが会所の仇《あだ》になったかねえ」

と満更《まんざら》でもない顔をし、言い足した。

「おまえさん、澄乃さんなら、髪が伸びれば直ぐ新造になれるよ」

「神守様、七代目も承知のことかな」

「むろん承知です。というより怒っておいでです」

と幹次郎は虚言を弄した。

「それは当然でしょうな。会所では無理をして女裏同心を許したのに、半年もせぬうちに妓楼に鞍替《くらが》えですからな」

と言った四郎左衛門が、

「おまえさん、吉原の楼がどんなところか承知だろうね」

と澄乃に質した。

「はい、旦那様」

澄乃の返答もはっきりとしていた。

「いつからうちに参られますな」

「ただ今からでも構いませぬ」

澄乃の返事に四郎左衛門がしばし幹次郎の顔を眺め、

「驚きましたな、神守様には。過日はうちのお職《しよく》の薄墨が落籍されたと思ったら、こんどは会所の女裏同心を遊女にしてくれと申されますか」

「真にもって厚かましいお願いにございます」

と幹次郎は応じた。

しばし腕組みして考えていた四郎左衛門が、

「よし、澄乃を遣手のおかねに預け、三浦屋の仕来たりのいろはを教え込みなされ」

と命じた。

帳場座敷に四郎左衛門と幹次郎が残された。

「女がひとり吉原に身売りするのですぞ。神守様、澄乃の身売りの値段はいくらですな」

「三十両では高《たこ》うございますか」

「ほう、三十両ね」

と言った四郎左衛門が手文庫《てぶんこ》を引き寄せようとした。

「四郎左衛門様、それがし、澄乃の身内ではございません。然るべきときに澄乃に渡してくだされ」

幹次郎が立ち上がった。

「神守様にはこのところ肝《きも》を潰されてばかりですよ」

「慎庵先生の揉み療治を受けられませぬか」

「このこと、汀女先生は、いや、加門麻さんは承知ですか」

「いえ、承知していません」

「神守様、おふたりから愛想《あいそ》尽かしされますぞ、女衒の真似をしたとね」

幹次郎はしばし間を置いて真顔で答えた。

「それは考えませんでした」

「その折りは、神守様の身柄もうちで引き取りましょうかな」

四郎左衛門に頷き返した幹次郎は一礼して帳場座敷を出た。

幹次郎は会所に戻ると四郎兵衛と仙右衛門に会い、澄乃の一件を告げた。

「なんですと。会所の女裏同心になったばかりの澄乃が三浦屋で遊女勤めに鞍替えですと」

四郎兵衛が驚きの声を発した。

「七代目、前もってお断わりもせず申し訳ございません。澄乃に泣きつかれて致し方なく三浦屋の帳場に連れて参りました」

「おい、神守様よ。いくらおまえさんだってやっていいことと悪いことがありますぜ。ここの頭は七代目の四郎兵衛様だ、そのお方に断わりもなしに女衒の真似をしたですって。呆れたぜ」

仙右衛門は怒鳴った。その怒鳴り声でさらに激昂《げっこう》したか、顔が真っ赤になった。

反対に四郎兵衛は落ち着きを取り戻していた。

「もはや澄乃の身柄は三浦屋ですか、致し方ございませんな。縁がなかったということです」

四郎兵衛がさばさばとした声で応じた。

「申し訳ございませぬ、僭越《せんえつ》な所業を致しました。この通りお詫びします」

幹次郎は深々と平伏《へいふく》した。

幹次郎と仙右衛門は、四郎兵衛の前を下がり、会所の板の間に戻った。

土間には長吉や金次ら若い衆がなんとなく緊張の体でいた。

幹次郎を睨んだ仙右衛門がなにか言いかけ、口を噤《つぐ》んだ。怒りが胸の中で渦巻いているらしい。

「番方、見廻りに出る。いっしょに行かぬか」

「おまえさん独りで行きなせえな。おれなんぞいなくても務めは果たせるようだ、勝手にやりなせえ」

辛辣《しんらつ》にも言い放って幹次郎の誘いを断わった。かつて見たこともない光景だった。

その場にいた小頭や若い衆が仙右衛門の語気にたじろいだほどだった。だが、だれもふたりの顔色を窺っただけでなにも言わなかった。

「そうか、致し方ないな」

幹次郎は、板の間の隅で袴を脱いで着流しになった。刀は一本差しにして会所に用意された変装の衣裳や道具の中から深編笠を選んで顔を隠した。

素見の浪人の風を装ったのだ。

そんな様子を仙右衛門も若い衆もただ黙って見ていた。

「よし」

と自らに言い聞かせた幹次郎は、土間に下りると草履を履《は》いた。

「ひと廻りしてこよう」

だれにともなく呟いた幹次郎は、静かに会所を出ていった。

その背に長吉の、

「番方、どうしなさった。神守様と喧嘩でもしたか」

と訊く声がした。

幹次郎は面番所の傍らを通り、伏見町《ふしみちよう》に入っていった。

面番所の前には村崎季光が立っていたが、会所から出てきた深編笠の浪人を幹次郎と思わなかったらしく黙って通り過ぎることができた。

ゆったりとした、いかにも吉原の素見といった歩みで明石稲荷に向かった。

まだ夜見世には幾分早い。

ためにどこも張見世は無人だった。

晩夏の傾いた日差しだけが伏見町を照らしつけていた。

明石稲荷には幹次郎が知らぬ間に賽銭箱が戻されていた。そんな明石稲荷にひとりの女が手を合わせていた。

伏見町裏で豆腐屋を営《いとな》む店のおかみさんだ。たしか名はとみ、といったはずだ。

気配を感じたか、不意にとみが幹次郎を見た。とみは夜見世にはいささか早いが、野暮な素見客とみたか、軽く一礼した。

「おとみさん、賽銭箱が戻ってよかったな」

「あれ、会所の旦那か。形《なり》がふだんと違うんで、素見と間違えたよ」

とみは幹次郎の声音を聞き分けたらしい。

幹次郎は深編笠の下の顔を見せた。

「会所の旦那、賽銭泥棒が四稲荷の賽銭をごっそり持っていったらしいね。廓の中の者のやるこっちゃないよ」

とみは悔《くや》しげに吐き捨てた。

「おとみさん、怪しげな者を見かけなかったかな」

「わたしゃ、通りがかりに思いついたときに明石稲荷に手を合わせるだけですよ。ときに賽銭を一、二文投げ込むこともある。だから自分たちのお稲荷さんが穢《けが》されたようで腹立たしいよ」

「まったくだ。なんぞ思い出したら会所なりそれがしなりに伝えてくれぬか」

「次に賽銭泥棒が姿を見せるのは半年後だよ」

とみが言った。

吉原の住人ならば四稲荷の賽銭箱の銭がいちばん多い時節を承知していた。

幹次郎は深編笠で顔をふたたび隠した。

蜘蛛道の奥の店に戻りかけたとみが、

「薄墨太夫が落籍されてなんだか吉原は灯が消えたようだね」

「薄墨の代わりは高尾太夫をはじめ、幾人もおられよう」

「いや、薄墨の気品を持つ太夫はただ今の吉原にはいないよ」

と言い切ったとみが明石稲荷の小さな鳥居の下に置かれた笊《ざる》を手にした。どうやら豆腐をどこかの楼に届けたついでにお参りに来た様子だ。

幹次郎は無人になった明石稲荷に手を合わせた。そして、ゆっくりと羅生門《らしょうもん》河岸を九郎助稲荷へと向かって歩いていった。

局見世では、女郎たちが素顔の皺《しわ》を隠すように白塗りにしていたり、だらしない浴衣姿で涼を取っていたりした。

幹次郎の気配に気づいた局見世の女郎が慌てて顔を隠し、見世開きの前に野暮な客だよ、とあからさまに態度で示した。

吉原では、客と遊女の間に夜見世は清搔《すががき》の爪弾《つまび》きで見世開きという暗黙の了解が成り立っていた。

女郎がまだ勤めの仕度をしていない刻限ならば、待合ノ辻にて待つのが吉原の客の心意気だった。

「すまぬな」

幹次郎が顔を隠した女郎に詫びの言葉をかけた。

「なんだえ、裏同心の旦那か」

幹次郎の声で分かったようで、顔を向け直した。

「賽銭泥棒の一件でな、見廻りをしている」

「もう遅いよ。空の賽銭箱にだれが目をつけるよ」

「まったくだ。だが、賽銭泥棒の目星でもつけたいと思ってな、遅まきながら見廻っているところだ」

「旦那、しっかりしな。夏の名残《なごり》の暑さにやられたかね。賽銭を盗んだ泥棒はとっくに大門の外に出ているよ。廓内《なか》を見廻ってどうしようというのだえ」

一年半前、揚屋町の小見世から羅生門河岸に落ちてきた寅女《とらめ》という名の女郎が言った。

「会所では廓の中の住人が一枚嚙んでいるとみておる。開運稲荷で吹きながしにした手拭いで顔を隠していた女をわれらは見かけておるのだ。むろん、その女が賽銭泥棒の手引きとは言い切れない。だが、あの界隈で訊き込んでも、その女が姿を見せないのだ」

「ほうほう」

と寅女が幹次郎に応じた。

「そうかえ、女がね。女郎かい」

「いや、遊女衆ではなかったように思った。蜘蛛道裏の住人とみたんだが、なにしろ賽銭が盗まれたと分かったのはそのあとだ。その折りは声をかけただけで、顔も見ておらぬ。覚えているのは木綿縞の単衣《ひとえ》を着ていたことくらいだ」

「しっかりおしよ。それじゃ、女を突き止められないよ」

「吉原では女は切手《きって》を持ってなきゃ大門の出入りはできぬ。女ひとりの仕事とは思えぬのだがな」

「仲間がいたのか」

「と、みている。それも錠前師のように錠前の扱いに長《た》けた奴だ」

「男だね」

「男と見当をつけている」

寅女は局見世の出窓ににじり寄り、白塗りの顔を乗っけてしばらく考えていた。

「なんぞ覚えがあるか」

「揚屋町にいた時分に馴染客の熊《くま》から聞いた話だよ。この吉原に親父が錠前屋だった娘が売られてきているはずだというんだ。熊は、なんとなくその娘に気があるような話だったがね。もう十年以上も前の話だよ」

「親父は病かなにかで娘を売る羽目になったのかな」

「いや、博奕《ばくち》に狂って借財をこさえて娘を売ったそうだ」

「ということは、親父は生きておる」

「じゃないかね。なんたって十年も前の話だ」

と寅女が言った。

「そなた、熊の住まいを知るまいな」

「浅草元鳥越町《もとどりごえちょう》の寿松院《じゅしょういん》裏の大工棟梁、佐野竹《さのたけ》の親方の弟子だ。熊の名は熊五《くまご》郎《ろう》。寅と熊、どっちが強いかなんて朋輩にからかわれていたっけ。遠い昔の話だね」

それ以上のことは寅女も知らない様子だった。

二

浅草元鳥越町にある寿松院は、浅草御蔵前通り、中之御門の向かいを西に入ったところにあった。大工棟梁佐野竹こと竹五郎《たけごろう》は寺領に代々住まいしてきたとか、寺の裏手に二階屋があった。

しっかりとした普請の家の前で、三十五、六の男が古材を薪《まき》にするために割っていた。左足を投げ出し、ぐるぐると白い布で巻かれているところを見ると、怪《け》我《が》でもしたのか。

「こちらは大工棟梁竹五郎親方のお宅だな」

「ああ、でもよ、親方は普請場だ。もうそろそろ戻ってくる刻限だけどよ」

「そうか、留守か。では、熊五郎も仕事場かな」

「おれが熊だぜ。おまえさん、何者だ」

「怪我でも致したか」

「普請場でよ、不覚にも転がり落ちて足の骨を折ったんだよ。だから、十日も普請場に行かせてもらえないや」

と怪我の説明をした熊五郎に幹次郎は深編笠を脱いで、顔を残照に曝した。

「おめえさんは、吉原会所の用心棒だな」

「裏同心とも呼ばれるが、雑駁《ざっぱく》に言えば用心棒だ」

「ふん、おれになんの用だ」

「寅女を承知だな」

「昔からの馴染《ち》だ。だけどよ、局見世に落ちちゃあなあ、致し方ねえよ。あいつ、まさかおっ死んだということはねえよな」

「息災だ」

幹次郎は寅女から聞いた話をした。

「寅女め、妙な話を覚えてやがったな。たしかにおゆうという娘に惚れていたけどな。寅女、今ごろ悋気《りんき》か」

「違う、そうではない。おゆうさんはどこの楼に身売りしたんだね」

「寅女、勘違いしてやがるぜ、それとも聞き間違えたかな。吉原じゃねえよ、柳橋《やなぎばし》の船宿の酌婦になったんだよ」

熊五郎は訂正した。

「なに、柳橋の船宿奉公か」

寅女の話とはえらい違いだ。

「なぜ寅女は勘違いしたかのう」

と幹次郎が呟いた。

ううーん、と唸った熊五郎が、おれのせいだ、と言った。

「今は局見世に落ちたがな、寅女も結構いけたころがあったんだよ。馴染が何人もいやがった。そこでさ、あいつの気を引くためによ、おれの幼馴染が吉原に身売りしたなんて、くっ喋《ちゃべ》ったんだな。そいつを真に受けて、あいつ、未だ覚えてやがったか」

幹次郎は息を吐くと、深編笠を小脇に、

「邪魔をしたな」

と立ち去ろうとした。すると熊五郎が、

「ちょっと待ちねえな、用心棒の旦那よ。縁てなもんは不思議だぜ。今よ、おゆうは、揚屋町裏の路地で甘味屋の店を持っているって話だぜ」

幹次郎は立ち止まった。

「柳橋の船宿奉公はわずかでよ、どこぞの隠居に見初《みそ》められてよ、妾《めかけ》になったんだとよ。そんでそのあと、隠居がおっ死んでよ。おゆうは、京に甘味修業に二、三年出たんだよ。女は覚悟するとやるよな。京で甘いものの作り方を覚えてよ、今では吉原で甘味の『夜《よる》の華《はな》』が人気の店の女主だってさ。女郎の間で大人気でさ、才覚《さいかく》のある女は違うな」

幹次郎は驚いた。

揚屋町の路地裏、蜘蛛道のひとつに間口一間半（約二・七メートル）ながら、「夜の華」の甘味が当たって商売繁盛《はんじよう》している商い屋「しまばらや」があった。たしか、開業は二年ほど前か。

廓内には暮らしの品々を得るお店の他に、客や遊女相手に甘味の甘露梅や酔い覚ましの薬を商う表店《おもてだな》があった。

おゆうの店は路地裏だが、繁盛しているという噂だった。

幹次郎は、女主の顔を思い浮かべた。

寂しい顔立ちながら男ならば、胸に抱き寄せたいような、憂いを湛《たた》えた眼差しをしていた。だが、おゆうに男の噂が立ったことはないはずだ。男嫌いだという風聞《ふうぶん》をどこかで耳にしたこともあった。

「熊五郎、おゆうには錠前の職人の親父がいたな」

「さすが吉原の用心棒だな、すべてを承知でうちに来たか。丙吉《へいきち》さんはよ、おゆうを手伝って、『夜の華』の作業場を山谷堀《さんやぼり》向こうの元吉町《もとよしちよう》に造っている。そこに住んでいるって話だぜ」

「ということは、親父どのも大門を始終出入りしていいような」

「おりゃ、何年も前の噂しか知らねえ。博奕好きの丙吉さんが博奕もやめて、おゆうを真面目に手伝っているって聞いたなあ」

幹次郎はしばし考えて尋ねた。

「そなた、吉原に店を持ったおゆうに会いに行かなかったか」

首の裏をごしごし掻いた熊五郎の返答には間があった。

「まあな、幼馴染だ。どんな商いをしているか見たいじゃないか。そしたらよ、おゆうめ、知らんぷりで、おれの顔を見て、『うちは男のお客はん、お断わりどす』なんてよ、京言葉でおれを追い出しやがった。おれだって下心《したごころ》がなかったわけじゃない。だけどよ、そんな邪険《じゃけん》な話はねえだろうが」

「いつの話だ」

「寅女が局見世に落ちたころかな。だから一年半前かな、そんなころの話だ」

熊五郎が答え、

「くそっ」

とそのときの光景を思い浮かべたか、罵り声を上げた。

幹次郎は南町奉行所に桑平市松を訪ねた。

だが、もはや桑平は八丁堀の屋敷に帰ったという。

刻限は五つの頃合いだ。当然だろう。

幹次郎は八丁堀に行き、番屋に尋ねると桑平市松の屋敷がおよそ分かった。

その屋敷を訪ねると、桑平が浴衣姿で玄関に姿を見せた。どうやら酒を呑んでいたらしい。

「桑平どの、相すまぬ。役宅まで押しかけて」

「なんの、われらの仕事は昼夜の区別なしだ」

と答えた桑平が、

「わしがそなたの用事を当ててみせようか」

「ほう、桑平どのも突き止められましたか」

「そなたが突き止めたのは、元錠前職人丙吉と違うか」

幹次郎が頷いた。

「どうして突き止めたな、裏同心どの」

幹次郎は夕刻からの動きを語った。

「丙吉の娘は吉原で甘味屋を商いしているってな、そいつは知らなかった。おゆうの今の旦那は、元気だよ」

「熊五郎は死んだと申したがな」

「そいつは京に行く前の旦那だろう。京から戻ったおゆうには別の旦那がいる。わしの出入り先だ。裏同心どの、こちらのことを表沙汰にしたくはない」

「丙吉とおゆう親子が賽銭泥棒ならば捕まえるだけ。そなたの出入り先を表沙汰にする気はございません」

しばし玄関先で考えていた桑平が、

「ちょっと待ってくれ。今晩じゅうにカタをつけようか」

と幹次郎に言った。


四半刻《しはんとき》（三十分）後、八丁堀から舟を仕立てて桑平市松と幹次郎、それに桑平の小者らが乗り込んで日本橋川にまず向かった。

「桑平どの、丙吉が賽銭泥棒をしたということは考えられる。だが、おゆうがそのことに加担しているとは思えないのだがな。なぜならば商いは繁盛し、そなたの知り合いの隠居が旦那についている。おゆうは金には困っていまい」

「そこだ。わしも調べ切れておらぬ。だがな、おゆうは金には強欲な女らしい。床では手練手管で、年寄りを骨抜きにして金を出させるそうだ。わしの知り合いは賢い商売人だったから、いくらか、おゆうの魂胆は分かっていなさる。おゆうには決まった給金しかやってないはずだ。ひょっとしたら、おゆうには他に男がいるかもしれないと、隠居は言ってなさったな」

「おゆうは男ぎらいという噂を聞いたがね。それにしても賽銭泥棒をやった曰《いわ》くが分からぬな」

「京の商人は、江戸の商人より一文の銭にも厳しいというでな。おゆうは上方《かみがた》で銭の大切さを身につけたかね」

桑平と幹次郎は、舟の舳先《へさき》にいて小声で話し合っていた。

「それにしても、父親を唆《そそのか》して賽銭泥棒はあるまい」

「裏同心の旦那もそこまで調べが行き届かなかったか。丙吉な、娘の商いがうまくいっているってんで、また賭場《とば》通いを始めたんだよ」

「それで負けが込んだのかな」

「ここからは推察だ、そう思うて聞いてくれぬか」

桑平同心に幹次郎は頷き返した。

「丙吉の賭場での借財は百両に近い。それでおゆうの店の金子に手をつけた。そのことをおゆうが知って父親を責めたとしたらどうだ」

「丙吉は、吉原に四稲荷があることは承知でも、その賽銭が半年に一度集められることなど知るまい」

「そこは吉原の路地裏で商いをするおゆうの知恵だろうな」

「親子が手を組んで賽銭泥棒を謀《はか》ったか」

幹次郎は、桑平の推量通りなら、賽銭箱から盗んだ賽銭はおゆうが持っていると思った。

「たしか『夜の華』を商う蜘蛛道の店は、昼見世前と夜見世前の一刻ずつ店を開けておるはずだ。あの店に住まいはない。おゆうは廓外《そと》に住んでおるのかのう」

舟はすでに日本橋川から大川《おおかわ》（隅田川《すみだがわ》）へと出て山谷堀に向かって遡《さかのぼ》っていた。

奉行所の御用船ではない。ゆえに灯りは点していたが、提灯に御用の文字はなかった。

「神守どのよ、わしの知り合いの隠居の隠宅が山谷町《さんやまち》にある。おゆうはそこに住んでいるのだ。山谷からなら、甘味を作る元吉町の作業場も甘味を売り出す吉原もそう遠くあるまい」

と桑平が言った。

「神守どの、会所はこの一件、賽銭泥棒を公にする気か」

桑平は知り合いの隠居の体面を気にかけていた。

「桑平どの、未だそれがしか内吉、おゆう父子のことを知らぬ。とは申せ、ただ今話したようなことが事実ならば、七代目に話さねばならぬ。賽銭が少しでも戻り、経緯が分かれば四郎兵衛様にも納得してもらえよう」

と言いながら、幹次郎は三浦屋にいる澄乃のことを気にしていた。

番方はかんかんに怒って口も利いてくれない。それは女裏同心見習いの澄乃を三浦屋に売ったせいだ。

こんどの一件も幹次郎独りで動いていた。このことを知ったら、火に油を注ぐなと思った。

桑平と幹次郎を乗せた舟が山谷堀に入り、今戸橋《いまどばし》を潜って両側の船宿を見ながら見返り柳近くまで乗り入れた。

桑平と幹次郎は、まず内吉の身柄を押さえることにした。ために元吉町の「夜の華」を作る仕事場と内吉の住まいを兼ねた家を襲うつもりだった。

刻限が刻限だ。

内吉は寝ているかもしれなかった。だが、仕事場には灯りが点っていた。

「甘味は夜のうちにこさえるのかのう」

と桑平が呟いた。

幹次郎は小豆《あずき》を煮る甘い香りを夜風の中に感じていた。それにしても桑平の探索はわずか一日で行き届いていた。

「よし」

と桑平が言い、戸や格子窓から灯りが漏れる家の周りに小者らが立った。

元々は百姓家《ひやくしようや》の納屋《なや》かなにかに使われていた、そんな家を改造したものらしい。庭もそれなりにあるように思えた。

不意に幹次郎を見た桑平が、

「わしの知り合いの隠居が金主の作業場よ」

と言った。

幹次郎はただ頷いた。

桑平が前帯に差した十手《じつて》を抜き、風を入れるために戸が開けっ放しの甘味を作る作業場に入り込んだ。

幹次郎も続いた。

ふたりの職人が小豆を煮ていた。

酒を呑みながら五十を超えた男がその様子を見ていた。

「丙吉だな」

桑平が十手を丙吉に突きつけながら質した。

「お、おれは」

と男が立ち上がった。

職人ふたりは茫然と立ち尽くしていた。

丙吉と思われる男が逃げる素振りを見せた。

「やめておけ、この家は囲まれていらあ」

動きを止めた丙吉が、

「おりゃ、なにもしちゃいないぜ。甘い物屋の主だ」

「甘味屋の主は娘のおゆうだろうが」

そのとき、幹次郎が桑平の背後から姿を見せた。

「嗚呼《ああ》ー、会所の侍が」

「このお方を承知ということは、われらが来た曰くを承知だな」

「し、知らねえよ」

桑平がつかつかと歩み寄ると、丙吉の肩に軽く十手を叩きつけて上がり框に腰を下ろさせた。

「昔取った杵柄《きねづか》の錠前開けの技はさびついてなかったか」

「嗚呼ー」

と悲鳴を上げた丙吉が、

「おりゃ、賽銭泥棒なんてやりたくなかったんだよ。だがよ、おゆうが使い込んだ店の金をなんとしても返せと言うんでよ、おゆうの命に従ったんだよ」

と言い訳にならない言い訳をした。

半刻（一時間）後、幹次郎はひとり五十間道を下り、引け四つ（午前零時）前まで開いている大門を潜った。

番方がじろりと幹次郎を見た。

「番方、付き合ってくれぬか」

「なんだと、勝手ばかりしやがって。なんだ、その言い草は。会所は、おめえ様のもんじゃねえぜ」

仙右衛門が突然怒鳴った。その怒鳴り声に四郎兵衛が姿を見せた。

「番方、付き合えと神守様が言いなさるんだ、付き合ってから怒鳴るなり喚《わめ》くなりしたらどうだ」

と番方を宥《なだ》めるように言った四郎兵衛が、

「神守様、どこへ番方を誘いなさる」

と訊き、

「揚屋町の路地裏のしまばらやという甘味屋でございます」

と幹次郎は答えた。

「ほう、『夜の華』が売りの甘味屋になにがございますな」

「四稲荷の賽銭が未だ隠されておるそうです」

四郎兵衛と仙右衛門が、じいっと幹次郎を見つめた。

「なんとも神守様の動きを読むのは難しゅうございますな。番方、付き合ってきなされ」

と四郎兵衛が命じた。

四半刻後、会所の奥座敷に三十二両一分と女文字で書かれた紙が貼られた布袋が持ち込まれてきた。仲之町から揚屋町の路地を入ったところにあるおゆうのしまばらやの小店で見つけた賽銭だ。銭が多いゆえに金額以上に嵩張《かさば》っていた。

「ほう、これが四稲荷の賽銭にございますか」

幹次郎は、丙吉とおゆう親子に行き当たった経緯を克明に告げた。その場に四郎兵衛と仙右衛門、長吉が同席した。

話が終わったとき、四郎兵衛が煙管《キセル》を弄《もてあそ》びながら、

「神守様と南町の桑平市松様は気が合うようですな。見事な采配《さいはい》でした」

「いえ、未だおゆうを捕まえたわけではございません。山谷町の隠宅には夜中に押し込む真似はしたくないと、桑平どのは申されますのでな。明朝、隠宅を出たところで桑平どのがおゆうを捕まえることになっております。その後、隠宅の主には経緯を話されるそうですが、それがいちばん辛《つら》いと桑平どのは嘆いておられました」

「年寄りが若い女子と出会うのは、そう滅多《めった》にあることではございますまい。隠居は激昂なされましょうな。桑平様は当分、隠居のお店に出入り禁止になるかもしれません。ですが、酸《す》いも甘いも嚙み分けた年寄りなら、己の不運と非を認められます」

なんとなく四郎兵衛には隠宅の年寄りがだれか承知の様子が窺えた。

「『夜の華』のしまばらやは、店を閉じますか。吉原名物だったのになんとも残念です。わずかな間の商いでございましたな」

四郎兵衛が漏らし、ほっとした表情で言い足した。

「賽銭が戻ったことを五丁町の名主衆に明日にも伝えます」

そのとき、引け四つの拍子木《ひょうしぎ》の音がどこからともなく響いてきた。

「裏同心の旦那、おれは、おまえさんに詫びなんぞ入れないぞ」

仙右衛門が幹次郎にぞんざいな語調で言った。

「詫びの要がどこにある」

「ある。だが、詫びねえ」

と仙右衛門がだだをこねて、

「七代目、わっしはこれで失礼しやす」

とさっさと奥座敷から消えた。

三人は仙右衛門の出ていく気配を聞いていた。すると、

「神守様、番方は自分に怒っているんだよ」

と長吉が言い、幹次郎は、

「あれこれあるでな」

とだけ答えた。

三

幹次郎は大門を出る前に不寝番《ねずばん》の金次に声をかけ、無人の仲之町から蜘蛛道に潜《もぐ》り込み、天女池を訪ねた。

池の周りを常夜灯がいくつか照らしていた。

幹次郎がお六地蔵の傍らに立つと、どこからともなくひとつの影が現われた。吉原会所から三浦屋に鞍替えした嶋村《しまむら》澄乃だった。新造に成り立てだ、客を取らされるにはもうしばらく余裕があった。

ふたりは常夜灯の光が届かない桜の木の下で幹を中に挟んで背を向け合って立った。

「桜季に動きはあるか」

幹次郎が訊いた。

「桜季さんの動きから目を離していませんが、未だ怪しげな振る舞いはしておりません。明日、汀女先生と加門麻様の手習い塾に出ると言うておられました」

市井《しせい》の女として暮らし始めた加門麻が手習い塾に教えに出るのは、これで三度目だった。

「ほう、桜季はその気になったか」

「私が新造として三浦屋に鞍替えしたことを訝《いぶか》しく思っておられるようです。遣手のおかねさんが私に厳しく楼の仕来たりを教え込む様子をじいっと見ておられます。そのうち、こちらから桜季さんに近づこうと思います」

澄乃は、浴衣姿で当然素手だった。

「澄乃、あまり事を急ぐと桜季が警戒しよう。おかねから厳しくそなたが注意を受けておることは聞かされておる。辛抱せよ」

「剣術修行に比べれば、物差しやはたきの柄《え》で叩かれるくらいなんでもありません」

「明日の、いやもはや本日か、手習い塾はどこであったかのう」

「江戸町一丁目の妓楼、龍昇楼《りゅうしょうろう》と聞いております」

昼見世前、各楼や引手茶屋を交代で使わせてもらい、禿から遊女までに読み書き、俳諧《はいかい》和歌、文の書き方などを汀女と加門麻が教えていた。

「そなたも参るな」

「桜季さんの行くところならどこへでも。旦那様から快くお許しが出ました」

と答えた。

「よし、気をつけて三浦屋に戻れ」

「はい」

潜《ひそ》み声で応じた澄乃が天女池の常夜灯の灯りを避けるようにして、蜘蛛道の一本に姿を消すのを幹次郎は桜の木の下からじいっと見ていた。

着流しの腰に刀を一本差した幹次郎は、しばらく暗闇に佇《たたず》んでいた。間を置いて澄乃が姿を消したと同じ蜘蛛道に幹次郎は向かった。

その蜘蛛道は揚屋町に通じていた。

蜘蛛道のあちらこちらから鼾《いびき》が聞こえてきた。

五丁町の妓楼も蜘蛛道の小さな長屋や小店もぐっすりと眠りに就いていた。

幹次郎は蜘蛛道の暗がりに入ると、足早に澄乃を追った。

浴衣の背が暗闇におぼろに見えた。

行く手から殺気が漂ってきた。

無言のうちに澄乃が足を止めた。

澄乃の行く手に立ち塞がっている者がいた。

幹次郎は気配を消して澄乃に接近し、鞘《さや》ごと刀を抜くと澄乃の背に刀の柄《つか》で触れた。

澄乃が手だけを回して刀を摑んで、前に回した。

「畜生」

闇の中から罵り声が聞こえた。

幹次郎はその声の主がだれか思いつかなかった。

だが、このところ感じていた「監視の眼」の一員だと思った。幹次郎の意図をどう察したか、澄乃に狙いを変えたようだ。

気配が消えたのを澄乃の後ろ姿で幹次郎は確かめた。

「助かりました」

と澄乃が幹次郎に礼を言い、刀を返した。

「それがしが先に行こう」

幹次郎は鞘に入ったままの刀を手にして蜘蛛道を進んだ。

不意に揚屋町に出ていた。

「澄乃、気を許すでないぞ」

黙って頷いた澄乃が京町一丁目の蜘蛛道に入り、三浦屋の裏口へと回るのを幹次郎は確かめ、仲之町に出た。

人っ子ひとりいなかった。

無人の仲之町に昼間の暑さが漂っていた。

「あれこれあるな」

と呟いた幹次郎は大門へと向かった。

「神守様、どこに行っていたんだよ。もう賽銭泥棒の捕縛《ほばく》のことは目処が立ったんだろ」

金次が会所から出てきて尋ねた。それにしても澄乃を襲うとは、

(殺気の籠った男の真の狙いはこの神守幹次郎にある)

と思った。

「ああ、賽銭泥棒は南町の手でカタがついた。それがしは天女池をな、見廻っていただけだ」

「天女池の主は、柘榴の家で待っておられるのだろうが。だれか別の花魁を見つけたか」

天女池で薄墨太夫と幹次郎が会っていたことを会所のだれもが承知していた。

「金次、この刻限に天女池に姿を見せるとしたら、幽霊花魁かのう」

「違いねえ」

と言った金次が、

「四郎兵衛様が神守様に伝えてくれとよ。明日の朝はゆっくりなされ。朝風呂に入り、昼見世の刻限に来ればいいとよ。神守様は、ひとりで手柄を立てたもんな」

吉原会所にとって独りで動くことがよいことかどうか、幹次郎は思案がつかなかった。

「あとを頼む」

幹次郎は言い残し、通用口を潜って大門外に出た。

五十間道が常夜灯の灯りに浮かんでいた。

浅草田圃を抜けるか、山谷堀を辿るか迷った末に見返り柳へと足を向けた。


翌朝、幹次郎は聖天横町《しょうでんよこちょう》の湯屋の湯船にゆったりと浸《つ》かっていた。仕事前や吉原帰りにひとつ風呂浴びる客はもはやとっくに湯屋から姿を消していた。

今朝にかぎって、顔なじみの隠居ひとりいなかった。

湯船の縁《へり》に後頭部を乗せた幹次郎は両目を瞑っていた。いつの間にか眠り込んでいたようで、かかり湯を被る音に目を覚ました。

柘榴口を潜って姿を見せたのは、南町奉行所定町廻り同心桑平市松だった。

「終わった」

と湯船に浸かる前に桑平が幹次郎に言った。

「甘味屋の女主を捕まえましたか」

「朝、山谷町の隠宅を出たところを捕まえて、近くの番屋で下調べをした。親父の丙吉が捕まってすべて白状したと言ったら、最初は『なんのことか分かりませんなんてとぼけていたがさ、賽銭が入った布袋を南町奉行所が押収したぜと言ったら、一転わあわあ泣き喚きやがった。それでさ、『賽銭をいつまでも店に残しておくんじゃなかった』と悔やんでいたな」

と桑平が言い、

「おゆうを吐かせるより山谷町の隠居に告げるのが辛くてな」

「会われましたか」

桑平市松が大きく頷き、湯を両手で掬《すく》い、ごしごしと顔を洗った。

「桑平さん、なんの恨みがあって、私の最後の楽しみを奪いなさると隠居に言われたときには、なにも答えられなかったよ。あの隠居にはわしの親父も世話になっているんだ。最後にな、うちの店の名が世間に知られないようにしてくれないかと、平静な顔で願われた」

幹次郎は答える言葉をなにも持たなかった。

「これから室町《むろまち》の店を訪ねてな、旦那に経緯だけは告げてくる。そなたのおかげで最低の面目だけは立った」

「それがしはなにもしておらぬ」

「と、答えると思ったよ。だが、賽銭が盗まれた稲荷社四社は吉原内にあったんだぜ。定町廻りのわしが踏み込めるわけもなかろう。神守幹次郎という裏同心がいたから、わしの手柄になったんだ」

「桑平どの、都合悪《あ》しきことには会所の裏同心の名を出して一向に構いませぬ」

「わしが出入りの店は話が分かるように親から子へと申し送りをさせておる。当代も道理の分かったお方だ、都合が悪いことは起こるまいよ。ただ」

桑平は言葉を詰まらせた。

「ただ、隠居が不憫《ふびん》でな」

「お店には孫もおられよう。当代に時折り、孫を連れて山谷町の爺様をお訪ねになってはどうかと、申されたらどうであろう」

「ああ、そう申し上げてみよう」

ふたりは同時に湯船から上がった。

柘榴の家に戻ると、料理茶屋山口巴屋の改築をなした大工の棟梁染五郎の姿があって、庭先に弟子たちが杭《くい》を打っていた。

「おお、始まったか」

柘榴の家の縁側に外着姿の汀女と麻が座り、離れ家の普請を見ていた。

「離れ家は意外と小さなものですね」

と汀女が言った。

麻の住まいは六畳と小さな納戸つきの四畳半のふた部屋だけだ。台所も風呂も厠《かわや》も母屋と共用だ。坪数にして七坪半だ。

「汀女先生、敷地で見ると狭《せも》うございますがね、家が建ってみると案外広く感じられますよ」

棟梁が言い、

「姉上、私ひとりが住む離れです。大門を出たとき、身ひとつでした。十分な広さです」

と麻が応じた。

麻は薄墨太夫として廓内で着ていた打掛、帯などの衣裳、夜具類、小物など、すべてを朋輩衆に分け与えていた。あとで三浦屋の男衆が柘榴の家に運んできたのは、加門麻として着ていた小紋など限られた衣類だった。

棟梁も、

「母屋の普請に合わせ、凝った数寄屋造《すきやづく》りでございますよ。麻様のお気に召すように丁寧に造りますでな。それに庭と畑、母屋が望めるように仕上げます、決して窮屈な家にはなりません」

「棟梁、楽しみです」

麻が静かに微笑《ほほえ》んだ。

「幹どの、朝餉を食しなされ。本日は手習い塾の日です。三人でいっしょに出かけますよ」

「皆は食したか。ちょっと待ってくれ」

と言い残した幹次郎は囲炉裏のある台所に行き、ひとつだけ残った膳の前に座った。

「旦那様、直ぐに味噌汁を温めます」

お櫃《ひつ》からご飯を茶碗によそいながらおあきが言った。

黒介が膳の傍らに来た。丸干し鰯をもらおうという魂胆であろう。

「黒介、餌はもらったのではないか」

幹次郎の問いに、みゃうみゃうと鳴いて、黒介が食いものを催促した。

「よしよし、尻尾だけじゃぞ」

幹次郎は丸干し鰯の尻尾を黒介に与えた。

「旦那様、黒介が太りますよ」

おあきは一家三人の中で幹次郎がいちばん黒介に甘いことを注意した。

「猫のわりには黒介め、犬のように縁側から庭へとよう駆け回っていよう。あれだけ動けば太ることはあるまい」

幹次郎は言い訳しながら、丸干し鰯に里芋の煮つけ、豆腐の味噌汁、香《こう》の物で二杯飯を食した。

最後に茶で口をさっぱりとさせ、房楊枝《ふさようじ》で歯を磨いた。

「おあき、本日はそなたと黒介が留守番じゃ、頼んだぞ」

おあきに願うと台所から居間に戻り、汀女が仕度していた薩摩《さつま》白絣《しろがすり》に着替えた。帯には伊勢亀の隠居の形見の一剣、五畿内摂津津田近江守助直《ごきないせっつつだおうみのかみすけなお》を落とし差しにした。

「姉様、麻、待たせたな」

幹次郎はふたりの女に声をかけた。

「行ってらっしゃいまし」

棟梁が縁側に立つ幹次郎に言った。

「本日から土台石を運び込んで、固めていきますでな。留守中のことはご案じなさいますな」

「頼もう、棟梁」

と答えた幹次郎が玄関に回ると汀女と麻がすでに門前で待っていた。そして、台所からおあきと黒介が見送りに出てきた。

幹次郎は、

（これが一家の暮らしか）

としみじみと考えた。

仕事があり、帰るべき柘榴の家があった。それに身内がいた。

飼い猫に　見送られて　夏去りぬ

幹次郎の胸に下手な五七五の文句が浮かんだ。

「幹どの、そなたの胸の中を当ててみましょうか」

「姉様はそれがしの心を読むのが上手ゆえな」

「一家の主どのは、身内に恵まれ幸せと思われておりませぬか」

「まあ、そんなところだ」

「ついでに句を詠《よ》まれた」

「よう分かるな」

ふっふっふふ
と麻が笑った。

「おかしいか、麻」

「幹どのは指を折って五文字を数えておいででした」

おお、と幹次郎は驚きの声を漏らした。無意識にそのような動きをして汀女と麻に悟られていたかとびっくりした。

「おふたりさん、五七五がどのようなものか訊かんでくれよ」

幹次郎が釘を刺した。

女ふたりは笑みを向けたままだ。

「決して口にできるものか」

と呟いた幹次郎はひとりで先に歩き出した。直ぐに汀女と麻が追いついてきた。

強い日差しが浅草界隈に降っていた。

女ふたりは日傘を差し、幹次郎は菅笠を被って強い光を避けていた。

日本堤《にほんづつみ》（土手《どて》八丁《はっちょう》）を三人で並んで歩いた。

「麻には、これまで生きてきた中でいちばん幸せな日々です」

「伊勢亀のご隠居に感謝することだ。盆には多聞寺にお参りに行くがよい」

「えっ、私ひとりででございますか」

「麻ひとりでは可哀想です、幹どの」

「姉様もいっしょせぬか」

「いえ、伊勢亀のご隠居様が喜ばれるのは麻と幹どののふたりです」

汀女がきっぱりとした口調で言った。

「姉様、鎌倉が先か、伊勢亀の隠居の墓参りが先かな」

幹次郎は話柄を転じた。その意味を汀女も麻も承知だった。

「鎌倉に行けそうですか」

「賽銭泥棒は始末がついた。残る一件は、桜季だな」

「私、思い出したことがございます」

「なにをだな」

幹次郎は麻に訊いた。

「小花が私の禿についてから親しく口を利いたのは同郷の男衆、飯炊きの丈吉《じょうきち》だけでした。結城近くの出で臨時雇いでしたから三浦屋には一時しかおりませんでした。年のころは二十六、七でしょうか」

「丈吉か。飯炊きをやめてなにをしているのか」

「なんでも未だ吉原に出入りしていると聞いたことがございます。そんな曖昧なことしか思い出せませんでした」

「丈吉が大門を潜るのは客としてではあるまい。調べてみよう」

と幹次郎が請け合った。

「二、三日内に目処がついたら鎌倉に行けるのですね、幹どの」

三人はいつしか見返り柳を横目に衣紋坂を下っていた。

麻は途中にある吉徳《よしとく》稲荷の前で足を止め、拝礼した。そんな様子を見守るように幹次郎と汀女が見ていた。

三人が大門に着いたとき、四つの刻限だった。

仲之町には花売りや野菜売りの姿があって吉原で働く女衆がお喋りを楽しみながら買い物をしていた。

「おお、これはこれは、汀女先生に薄墨、いや、加門麻様であったな。両手に花で、かようにも遅いご出勤か」

嫌みを言いながら面番所の隠密廻り同心村崎季光が三人の前に立ち塞がった。

汀女が会釈しただけで麻を伴い、さっさと仲之町の奥へと入っていった。

幹次郎も会所に向かおうとすると村崎同心が両手を広げて制止した。

四

「なにごとです」

「おい、賽銭泥棒が捕まったそうだな」

村崎が怒りの顔で質した。

「そう、昨夜のうちに聞きました」

「捕まえたのはわしの同輩桑平市松というではないか」

「お手柄でしたな。賽銭もほぼ回収されました」

「おい、開運稲荷をはじめ四稲荷は、吉原廓内だ。この廓を監督差配するのは隠密廻り、われらだ。なぜ定町廻り同心が出しゃばってくる」

「さあ、それは存じませんな。うちでは賽銭が無事に戻ったことが大事でしてな。丙吉、おゆうの親子は、たしかに路地裏で『夜の華』が売り物の甘味屋を営んでおりました。その丙吉が錠前師であったことを承知していたのは、桑平どのです。そちらの関わりから丙吉に辿り着いたのでしょう。

昨夜、そんな話をもらい、路地裏にある甘味屋しまばらやに立ち入ったのは、たしかにわれらです。桑平どのの指摘通りに賽銭が入った布袋がございました。いやはや、桑平どのは迅速果敢《じんそくかかん》ですな」

「なぜわしに知らせぬ」

「村崎どの、無理を申されますな。そなたはすでに八丁堀の役宅に戻っておいででした。だいいち桑平どのがどこから知り得たか、賽銭泥棒に錠前師が絡んでいると睨まれ、その娘が吉原にて甘味屋を営んでおることを調べ上げてみえたのです。村崎どのは面番所におられなかった。昨日来、ただ今お目にかかったのですぞ、いつどこで知らせろと申されるので」

「裏同心のそのほうが一枚嚙んでおらぬか」

「滅相もございませぬ。それがしも昨夜、桑平どのの使いより知らされ、驚きました。いやはや仕事が早い」

幹次郎の言葉に村崎同心が嫌な顔をした。

「おお、そうです。会所からなんぞ話がございましたか。賽銭は一度盗まれたもの。町奉行所に、いや、面番所に点検を受ければようございますかな。丙吉め、暇《ひま》に飽かして四稲荷の賽銭を数えたらしく、その額が袋に記されていました。なにしろ大半は銭です、ものすごく嵩張るのでございますよ。村崎どの、面番所に運ばせますゆえ、ご確認願えませぬか」

「神守幹次郎、わしはそれほど暇ではない」

と村崎が喚いた。

「そうですか、ならば町奉行所には届けたことにして、会所のほうで管理し、いつも同様に鉄漿溝のさらえなどの費えに充《あ》てます」

幹次郎が応じて村崎のもとから会所に向かった。

「おい、そのほう、桑平と結託《けったく》しておらぬな」

との言葉に幹次郎は、顔は前を向いたまま、ひらひらと手を振って応えた。

吉原会所の中では若い衆が布袋に入った賽銭を銭は銭、小粒は小粒とそれぞれ丁寧に仕分けしていた。

「神守様、村崎同心の言質《げんち》を取りなさったゆえ、わっしらは改めて数えた上で、両替屋で換金しますぜ。助かりました」

と小頭の長吉が言い、

「まあ、南町もこれ以上はこの一件にあれこれとは言うまい」

「差し障りがあるとしたら、路地裏の甘味屋をどうするかだね。『夜の華』はそれなりに売れていた一品ですぜ」

とそちらを案じた。

「父と娘は南町奉行所だ。総額三十二両一分八十七文もの賽銭を盗んだことに間違いはない。厳しいお沙汰が出ような」

「でしょう。だから、店をどうするか」

「それは七代目のご判断じゃな」

と言いながら幹次郎は奥に通った。すると四郎兵衛が憮然《ぶぜん》とした番方の仙右衛門を相手に茶を喫していた。

「神守様、昨夜は遅くまでご苦労でしたな」

「いえ、なんとなく気にかかったことがございまして、廓内をひとりぶらついておりました」

「なんぞ拾い物はございましたか」

「昨夜はなにも。ですが、最前吉原に参る道すがら、麻が思い出したことがございます。昔、三浦屋に一時丈吉なる飯炊きがいたそうです。その男が今も吉原に出入りしているそうですが、ご存じありませぬか」

「三浦屋の飯炊きが賽銭泥棒に加担しておりますか」

「いえ、別件です」

四郎兵衛にそう答えた幹次郎は仙右衛門に視線を向けた。

「なんだ、おれになにか用か」

「そろそろ四郎兵衛様に報告すべき時が来たと思ったのだ」

「報告、なにをだ」

仙右衛門は、幹次郎に怒りや不満を抱いていて、桜季のことを忘れてしまったらしい。

「三浦屋の新造の一件だ」

あっ、と仙右衛門が声を上げた。

「三浦屋に気掛かりなことがございますかな」

四郎兵衛の問い質しに幹次郎は、

「いえ、なにが起こったというわけではございません。ですが、禿の小花が新造の桜季に名を変えると決まった時節から仲間と諍《いさか》いを起こしたり、妙に拗《す》ねた態度を取ったりするようになりました。

姉の小紫が大火事の最中、湯屋の女衆お六に自分の打掛を着せて殺し、自分に見せかけ、出会ったばかりの侍の佐野某と足抜して江ノ島に暮らしていた一件がございましたな。あの再来のような騒ぎを起こしてもならぬと、蜜かに桜季を見張っていたのでございますよ」

幹次郎はあらましを説明した。

しばし腕組みして話を聞いていた四郎兵衛が、

「そうでしたか。うちの澄乃を新造に仕立てて三浦屋に入れたのは、神守様の遠《えん》謀深慮《ぼうしんりょ》ですか」

「七代目に黙って事を起こし、申し訳ございませぬ。三浦屋に妙な噂が立ってもいけませぬ。一昨日、番方と三浦屋の遣手のおかねさんの三人で、まずは桜季の言動を見張っていようとなりましたので」

四郎兵衛の目が仙右衛門に向けられた。

「七代目、申し訳ない。わっしは神守様が七代目に黙って僭越なことをしたという考えに走って、つい我を忘れておりました。そうか、澄乃はそんな狙いで会所から三浦屋に入らされたのか」

仙右衛門がようやく得心した。

「番方、詫びるのは私にではあるまい。神守様の本心に気づかなかったのだからな」

へい、と四郎兵衛に応じた仙右衛門が、

ぺこり

と幹次郎に頭を下げ、

「すまなかった」

と詫びの言葉を小声で言った。すると、四郎兵衛が、

「番方、これまでの神守様の動きに意味がないことはひとつもなかったな。伊勢亀のご隠居の身罷る際に起きた一連の出来事が神守様のすべてを物語っていよう。澄乃の一件もまたそうであったようですな。で、神守様、この一件、四郎左衛門様はご承知かな」

四郎兵衛は仙右衛門から幹次郎に視線を移した。

「漠然とおかしいとは思っておられましょうが、経緯をお話しして許しを得たわけではございません」

「敵を捕まえるに味方を騙《だま》されましたか」

「真にもって相すまぬことでした」

幹次郎は改めて四郎兵衛に詫びた。

「で、桜季がなにか企んでおりますかな」

「そうとは言い切れませぬ。ですが、さようなことがあってはならぬと番方と相談し、まずはわれらで桜季の動きを見張ることにしました」

と幹次郎が繰り返し、四郎兵衛が話を展開した。

「飯炊きの丈吉が桜季とどう絡んできますな」

「丈吉は小紫、桜季の姉妹と同じ、下総国《しもうさのくに》結城の出にございました。おみよが三浦屋に入ったころ、郷言葉《さとことば》でよく話していたのは、丈吉だそうです。もしや丈吉が今も吉原に関わりがあるとしたら、と思ったのです」

ふうっ

と大きな息を仙右衛門が吐いた。

「丈吉はよ、三浦屋の飯炊き当時は、在所から出てきた熊みたいな形《なり》でよ、髭面《ひげづら》だった。それを仲間の男衆に何度も注意されて三浦屋を辞めたんだ。それが一年半もしたころから、吉原細見《さいけん》を売ったり、この春先からは昼見世前に野菜売りをしたりしている。手拭いで頬被《ほおかむ》りして破《や》れ笠《がさ》を被っているから、まさか三浦屋の飯炊き丈吉と気づいた者はそうはいまい。ところがな、頬被りと破れ笠を取ると、意外や意外、顎が張ってはいるがなかなかの実直そうな面構えなんですよ」

「実直そうな顔立ちか」

幹次郎が呟き、

「桜季が丈吉とできておるなんてないよな」

と仙右衛門が質した。

「それはあるまい。だがな、丈吉が姉の小紫の一件を捻じ曲げて桜季に吹き込んだということは考えられぬか」

「ほうほう。新造の桜季は姉が楼や会所の仕業で殺された、吉原はそんなところだと思い込んだゆえ朋輩に当たったり、拗ねたりしたと、神守様は考えられましたか」

「七代目、こちらの独断です。間違っておるやもしれません」

「待ってください。言われてみれば、丈吉め、三浦屋を辞めたあと、どこでどうしていたか。そして、なぜ吉原に戻り、細見売りやら野菜売りをしているか。実直そうな顔つきですがね、目がいけねえや。細い目の奥でよ、なにを考えているか、分からないんですよ」

仙右衛門が言った。

「よし、丈吉を調べてみるか。こやつが姉の一件を捻じ曲げて桜季に吹き込んだかもしれないと、神守様は考えたのですな」

ようやく機嫌を直した番方が幹次郎に念を押した。

昼見世前の刻限だ。

まだ仲之町には花売りや棒手振《ぼてふ》りの魚屋、野菜売り、蜆《しじみ》売り、履物屋などが商いをしていた。大概が顔馴染の老女や男衆だ。

仙右衛門と幹次郎は、丈吉を探したが姿がなかった。

「平井村《ひらいむら》の婆さんよ、丈吉さんは店を出してないのか」

野菜売りの老女に仙右衛門が大声で訊いた。はあっ、と仙右衛門の問いをしばらく考えていた老女が大声で答えた。

「番方、あいつ、今日は早仕舞《はやじま》いだと。五十間道で細見売りに早変わりしていないかね」

吉原で昼見世前だけ商う古手の老女は耳が遠いのだ。

「いや、平井の婆さん、あいつ、店仕舞いしてよ、秋葉常燈明《あきばじょうとうみょう》のほうへ行ったぜ」

蜆売りの男が老女の言葉を訂正した。

秋葉常燈明は、仲之町と京町一、二丁目の辻の真ん中にあった。水道尻に近い仲之町の奥だ。

「有難うよ」

仙右衛門が礼を言い、幹次郎とふたりで急いだ。

京町一丁目の角には三浦屋があった。

「あいつ、なぜ昔働いていた楼近くに行ったんだ。まさか桜季を呼び出すためじゃないよな」

「分からぬ」

と答えた幹次郎は、

「番方」

と呼び止め、揚屋町の蜘蛛道へと誘った。

「天女池か」

「桜季と会うとしたら楼ではあるまい」

ふたりは蜘蛛道へと急ぎ潜り込んだ。

仲之町の白々とした強い光に慣れた幹次郎の瞳孔《どうこう》が一瞬戸惑った。前を行く仙右衛門も一瞬立ち止まり、目を慣らした。そして、ふたたびふたりは蜘蛛道を進み始めた。

ふたたび仙右衛門の足が止まった。

蜘蛛道の出口だ。

「見な」

仙右衛門が天女池の野地蔵前で手を合わせる桜季を顎で指した。

幹次郎は野地蔵に差しかかった桜の木の下に頬被りに破れ笠の丈吉と思える男の影を見ていた。

同郷の男女が天女池だろうとどこだろうと会うことは許されない。遊女は妓楼の抱えの身だ。勝手が許されるのは、落籍されたか、年季が明けたか、そのふたつの状況においてだけだ。まして、丈吉は桜季と同じ妓楼の飯炊きだった男だ。

ただ故郷の話をしていたと言い訳したところで許されなかった。

晩夏のお天道《てんと》さまが中天にあった。

天女池にはふたりしかいなかった。

不意に桜季が立ち上がり、桜の木の陰にいる丈吉になにごとか告げると天女池から蜘蛛道へと姿を消した。おそらく汀女と麻の手習い塾に出る前に天女池に立ち寄ったのだろう。

「おれが新造を尾《つ》けようか」

「番方、行き先は分かっているし、桜季に張りついている者がおる」

「そうか、澄乃が見張っているのだな」

「そのために会所から三浦屋に鞍替えさせたのだ」

「やっぱりおまえさんは凄腕だよ」

と言った仙右衛門が光の中に踏み出した。

丈吉は野地蔵の前に身を移して合掌でもするように座った。

ふたりが野地蔵に忍び寄ったとき、丈吉は桜季の残したと思える文に手を伸ばそうとしていた。

「丈吉さん、その文に手を触れちゃならねえ」

仙右衛門の警告の言葉が飛んだ。

びくりと驚いた丈吉が立ち上がって逃げようとしたのか、そんな動きを見せた。

だが、幹次郎もいるのを見て観念した。

「おりゃ、なにも悪いことはしていねえ」

「丈吉さん、その言い訳は会所で聞こうか」

仙右衛門の言葉に丈吉は頷いた。

「番方、先に丈吉さんを会所に連れていってくれぬか。それがしはあとで参る」

幹次郎は野地蔵の前の四つ折りの文を摑むと、桜季が姿を消した蜘蛛道に向かった。

三浦屋の裏口から台所に入った幹次郎は、四郎左衛門に会いたいと女衆に告げた。直ぐに帳場座敷に通された。

「なんですね、神守様。そなたが裏口から入ってくるときは、どっきりと驚かされることばかりだ」

と四郎左衛門が身構えた。

帳場には妓楼の主と女将のふたりだけだ。

「まさか薄墨がなにか」

女将の和絵が幹次郎を見た。

「いえ、加門麻はただ今わが女房と手習い塾にて女郎衆に読み書きを教えておりましょう」

「おお、そうでしたね」

幹次郎は姿勢を正すと、

「四郎左衛門様、女将さん、お節介にございます」

と前置きし、桜季のことをすべて語った。

長い時が経過した。

ふたりは無言だった。

「それがし、この文を読んでおりません」

四つ折りのままの文を四郎左衛門に差し出し、

「あとはこちらにお任せします」

「やっぱり神守様がうちの裏口から来られるときは、厄介ごとだ。だが、同時に力強いお味方、福の神でもございますな。会所が楼の中のことまで気を配るなんて、だれにもできるこっちゃございませんよ」

「お節介と申し上げました。お叱《しか》りはお受け致します」

「叱るどころじゃない。大事な新造を潰しかねない事態でしたよ。うちももう一度女郎、男衆、女衆の気を引き締め直させます」

四郎左衛門の言葉に頷いた幹次郎が立ち上がりかけ、

「今ひとつ澄乃の件ですが、会所の裏同心に戻させてようございますか」

「なに、澄乃は桜季の見張りでしたか」

「はい」

四郎左衛門が、

「神守様にはつくづく驚かされますよ。三十両でいい買い物をしたと思ったのですがね」

「もしできることならば、基《もとい》から桜季の躾をし直して薄墨に代わる花魁に育ててくだされ。お願い申します」

「神守様、会所を辞めるときはうちに来てくだされよ」

四郎左衛門が笑って、

「おーい、だれか、神守様の履物を表に回しなされ」

と命じた。

第四章　晩夏の旅

一

朝七つ（午前四時）、旅仕度の三人の男女がおあきと黒介に見送られて柘榴の家を出た。むろん神守幹次郎、汀女夫妻と加門麻の三人だ。

三人は浅草御蔵前通りへと向かわず待乳山聖天社《まっちやましょうでんしゃ》へと歩を進めた。社《やしろ》の下で旅の無事を祈願して一礼すると、今戸橋際の船宿牡丹屋《ぼたんや》の船着場を訪ねた。するとそこに番方の仙右衛門と金次がすでにいて船の仕度がなっていた。

船頭は老練な政吉《まさきち》と若い衆尚五郎《しょうごろう》とのふたりだ。

「すまぬな、船の仕度までしてくれて見送りとは」

幹次郎の言葉に仙右衛門が、

「なあに、ここんところおれの勘が狂ってよ、神守様に迷惑をかけた。これくらいはなんでもありませんや」

と照れたように言い、

「汀女先生は旅には慣れておいでだが、太夫、じゃねえ、麻様は幼いとき以来遠歩きはしたことがないや。ともかく大人になって長旅は初めてでございましょう。すべて道中は最初が肝心《かんじん》だ、ゆっくりゆっくりと踏み出しなせえ」

仙右衛門が麻に忠言した。

「有難うございます、番方。私には頼りになる同行者がおります。義兄上《あにうえ》と姉上の言葉に従いながら旅を楽しんで参ります」

と挨拶を返した。

吉原会所と気脈を通じた船宿に手配をして高輪《たかなわ》大木戸まで船で行くように企てたのは仙右衛門だ。むろん、四郎兵衛の許しもあってのことだ。

「七代目や玉藻様をはじめ、ご一統《いっとう》様に宜しく伝えてくれぬか」

幹次郎と金次が女ふたりの手を取って船に乗せ、最後に幹次郎が船着場からふわりと船に跳んだ。だが、船はひと揺れもしなかった。

政吉が尚五郎に、

「棹《さお》を外せ」

と船を泊めていた棹を外させ、船着場の杭を手で押して、今戸橋へと流れに乗せた。

隅田川の向こうの東の空に日が昇る気配が見えて白んできた。

「元気でな」

「お見送り有難うございました」

番方の言葉に上気した様子の麻が答え、船は直ぐに今戸橋を潜って、政吉が隅田川へと舳先を向けた。

幹次郎が最後に船から振り返ると仙右衛門と金次が今戸橋に立ち、旅人に手を振っていた。

幹次郎も菅笠の縁に片手をかけて軽く一礼した。するとふたりの友の姿が見えなくなった。隅田川に船が出たせいだ。

幹次郎が船に腰を下ろすと汀女と麻に向き合うかたちになった。

「義兄上、旅が始まります」

麻が興奮を抑え切れない体で幹次郎に言った。

「ああ、始まるな。番方が言うように旅の初日が肝心だ。六郷《ろくごう》ノ渡しを越えて神《か》奈川宿《ながわしゅく》で一泊するつもりで、ゆっくり行こうか」

「いえ、私は大丈夫です。箱根《はこね》の麓《ふもと》の小田原まで歩けます」

その言葉を聞いた政吉が笑いながら、

「麻様よ、小田原は方向違いじゃないが、一日で歩くにしてはちと遠いな。旅慣れした男だって三日はかかりますよ」

と麻に言った。

「えっ、小田原はそれほど遠うございますか、姉上」

「はい。私どもはそなたが幼い折りに訪ねた鎌倉を目指します。ならば、東海道の程ヶ谷《ほどがや》宿か戸塚《とつか》宿、藤沢《ふじさわ》宿辺りから鎌倉道へと入ります。小田原城下は藤沢宿より東海道にてさらに八里（約三十一キロ）ほど先です」

「あら、鎌倉は大久保の殿様のご城下の先かと思っていたわ」

と麻が恥ずかしそうに言った。

「麻、そなたは物知りです。ですが、書物や他人様から教えられた知識です。旅は自分の足で歩いてみて、ようやく遠い近いや上り下りを体が覚えるものです」

「はい」

と答える麻に、

「麻様、すっかりお若くなられましたな」

政吉がしみじみと言った。

船に同乗する者たちは加門麻がつい最近まで吉原で全盛を誇っていた太夫ということを承知していた。

吉原の遊女三千人の頂点にいた薄墨太夫が大門の外に出て、加門麻と名を戻した。

そのせいか政吉には年齢が十ほども若くなり、娘に戻ったように見えた。だが、太夫だった人物の名をさん付けではとても口にできなかった。やはり前職を称《たた》えて様付けで政吉は呼んだ。

「政吉さん、吉原にいた薄墨が私だったのか、ただ今の麻が私自身なのか、未だ戸惑っております」

「この道中で体に残る薄墨太夫の名残をすっかりと洗い流し、神守家の妹御麻様になって江戸へお戻りくださいまし。その手助けを神守様夫婦がなさいますよ」

「はい」

麻の返答はあくまで素直だった。そんな様子をにこにこと笑って幹次郎と汀女のふたりが見ていた。

大川を下る船を夏の朝日が浮かび上がらせた。

「ああ、日の出です、姉上」

麻にとってすべてが新鮮で美しい江戸の光景だった。

幹次郎は、この数日の忙しさをふと思い出していた。

賽銭泥棒と三浦屋の新造桜季の処遇だった。

賽銭泥棒の一件は、南町の定町廻り同心桑平市松が、おゆうの旦那の隠居の店に迷惑がかからぬようにすべて始末をつけてくれた。桑平は、

「神守どの、そなたの手柄を横取りしたようだ。わしだけがいい思いをしたな」

と恐縮した。

「そのようなことはない。吉原は賽銭が戻ればよいことだ。面番所の村崎同心どのが、勝手にせよと申されたで、いつものように吉原の費えにするだけです」

と幹次郎は答えて決着していた。

「丙吉は遠島《えんとう》、おゆうは江戸払いの沙汰で決まろう」

「よしなに頼む」

幹次郎が願って事が終わった。

一方、桜季を唆した丈吉は、吉原会所で厳しい調べを受けた。

面番所の村崎同心立ち会いのもとだ。

村崎はそのようなことが起こっていたとは露知《つゆし》らず、

「なに、こやつ、吉原細見売りが三浦屋の桜季にさようなことを吹き込んでおったか」

と丈吉を睨みつけた。

もはや丈吉は、身の置き場もないほど恐怖に苛《さいな》まれて黙り込んでいた。

「丈吉さんよ、三浦屋が桜季にいくら払ったか承知かえ。爺様と野地蔵を抱えて吉原に現われたおみよのふたりを見て、会所も騙されたんだぜ。おめえがどこから桜季の姉の小紫が吉原の大火事で焼け死んだのではなくて、江ノ島くんだりまで逃げのびて生きていたなんて知ったか、さっさと答えねえ」

番方の追及はいつになく厳しかった。

「大山参りに行った講中のひとりが煮売り酒場で話しているのを小耳に挟んだんです、番方」

「酒の席の話を真に受けたか」

「す、すまねえ」

「おい、すまねえだと。そんな一言ですまされない話なんだぜ。何度も言うが三浦屋はおみよに大金を払っているんだ。それを、ただ今の新造桜季を危うくだめにするところだったんだ。てめえ、桜季に与太話《よたばなし》を吹き込んで、どうしようと考えたんだ」

「た、ただおみよと話すのが楽しかったんだ」

仙右衛門が丈吉の愚かな答えに呆れたという顔をして、

「おめえ、おみよが小花を経て新造の桜季と名を変えた曰くを、飯炊きをしていたんだ、承知だろうが。おみよはただで三浦屋の禿になったわけじゃねえ。三浦屋はおみよの体に三十両も支払った。姉の小紫が火事で焼け死んだと思っていたからだ。だがよ、おめえが酒場で噂話を聞き込んだように生きていたんだ。爺様はそいつを承知でおみよを三十両で三浦屋に売り、その金を小紫のおこうに送りやがった」

えっ！

と驚いたのは丈吉ばかりではなくて村崎季光同心も初めて聞く話という顔つきをした。

「三浦屋がおみよにかけた金子は爺様に支払った三十両だけじゃねえ、あれこれと衣裳を作り、読み書きから和歌まで教え込んだ。今では百両を超えている、それだけの銭がかかったのが、御免色里《いろざと》の遊女なんだよ。てめえが桜季の手を握っただけでも、その価値は下落する。突き出しを望む旦那がてめえの触った桜季を床に誘うと思うてか」

仙右衛門の厳しい言葉を呆れ顔で村崎季光も聞いていた。

「お、おれ、そんなことなんて知らなかったんだよ。おみよの姉のおこうが鎌倉で、会所の奴に始末されたと聞いてよ、ただおみよに話したかったんだよ」

うむ、という顔を村崎同心がして幹次郎を見た。

丈吉の言い訳を仙右衛はしばし無言で聞いていたが、

「ここまで聞いたんだ、おめえが得心のいくように話そうじゃないか」

と前置きして、

「小紫はあの大火事の最中、自分の打掛をかけて湯屋のお六を突き殺し、己が焼け死んだように見せかけ、足抜をしやがった。

大火事の折りは吉原の女郎も大門の外に出ることは許される。だがな、火事が収まったら然るべき場所に戻ってくるのが吉原の仕来たりだ。

それなのに小紫は火事場で知り合った佐野某なる元小田原藩の侍と江ノ島に逃げて、のうのうと暮らしていたんだよ。そいつを大山詣《もう》でのついでに江ノ島に立ち寄った講中の者に見つかった、天網恢々疎《てんもうかいかいそ》にして漏らさずというやつだ。

おめえが酒場で小耳に挟んだ話の真相はそういうことだ。

足抜した女郎が娑婆《しやば》で生きていることを、吉原会所は決して許さない。その上、小紫はさらに逃げのびるための金子を、妹のおみよを三浦屋に売って爺様に作らせたんだ。

神守様とおれは相州《そうしゆう》江ノ島から鎌倉まで追って、抗い逃げようとした佐野某と小紫を始末した。むろん鎌倉の地役人《じやくにん》にその経緯を届けてある。てめえらに、勝手な作り話をされる謂《いわ》れはねえ、分かったか」

「は、はい」

と丈吉がぶるぶると震える口で答えた。

「村崎様、こいつ、どうします」

「三浦屋の桜季にあらぬことを吹き込んだだけでは、牢屋敷にぶち込めまい。といって、裏同心どのが始末するわけにはいかぬな」

と村崎がいささか恐ろしげな顔で幹次郎を見た。

「いきませぬな。向後一切吉原の出入り停止《ちようじ》でどうでしょうな」

「生ぬるいがこんどばかりは大目に見てやろう。この次桜季に近づく真似をしたら、うちの裏同心どのじゃない、おれがおめえを始末する。分かったか、丈吉」

仙右衛門が怖い顔を見せ、低い声で言った。

細見売りで野菜売りの丈吉が米つきバッタのように会所の土間に額を擦《こす》りつけた。

先夜、澄乃を襲った姿なき、声だけの主が丈吉でないことははっきりした。幹次郎は、そやつが偶さか澄乃を見かけて襲おうとしたのか、それとも幹次郎が真の狙いか未だ確信が持てずにいた。

澄乃には十分気をつけて行動せよと忠告してきた。

そんなわけで幹次郎、汀女、そして麻の三人が鎌倉行きに出ることになったのだ。

船はいつしか大川河口から佃島《つくだじま》と鉄砲洲《てっぽうず》の間の瀬戸《せと》に入り込んでいた。

流れと波がぶつかり白波が立っていた。

「義兄上、船が揺れます」

麻の声が険しかった。

「麻、大川を出て江戸の内海に入ったのだ。老練な政吉船頭でもこの船の揺れはなんともしようがあるまい。高輪大木戸はもう少しだ、我慢せよ」

と幹次郎が麻を見た。

「麻、気分が悪いですか」

汀女が訊いた。

「いえ、船酔いではありません。ただ急に船が揺れ始めたので驚いただけです。こんなに気持ちがよいのは、海風のせいでございますね」

「麻、海を見たのは初めてではあるまいな」

「屋敷にいる時分、初日の出を愛宕山《あたごやま》から見たのが最後でしょうか」

「そなたが愛宕山から見た芝《しば》の海を政吉船頭の船が行っているのだ」

「おお、あのとき見た海がこの海ですか」

「左手は佃島、右手は鉄砲洲だ。右手前方に愛宕山が見えよう」

幹次郎の指す方向を見た麻が、

「あの小高い岡が愛宕山ですか」

と昔を追憶するように言葉を漏らした。

「神守様、麻様は船酔いではなさそうだ。どうですね、わっしらに品川宿《しながわしゅく》まで送らせてくれませんか」

と政吉が願った。

「よいのか、政吉どの」

「このような無邪気な麻様をわっしは見たこともないや。つい最近まで吉原三千の美姫の頂《いただき》におられたお方の喜びようをもう少し見ていたいのですよ」

ふっふっふふ
と汀女が笑った。

「姉上、おかしいですか」

「いいえ、おかしいわけではありません。政吉船頭さんの言葉を聞いて嬉しいのです」

汀女の返答を聞いた麻がしばらく考え込み、

「それもこれも伊勢亀半右衛門様のおかげです」

と呟いた。

「いかにもさよう。そのことを忘れてはならぬ」

「はい。生涯加門麻は、伊勢亀のご隠居様のことを忘れはしませぬ、菩提《ぼだい》を弔います」

麻の言葉に一同が頷いた。

「麻様、よかったね、それだけあなた様に人徳がおありになったということでさあ」

政吉が櫓《ろ》を漕《こ》ぎながら言った。

「船頭さん、それもこれも義兄上の神守幹次郎様と姉上の力添えがあればこそです」

「麻、私はなにもしていません。幹どのはなぜか伊勢亀様のようなお方にも頼りにされる不思議な御仁です」

「そのお方が姉上の亭主どのです」

麻の返事に汀女がにっこりと微笑んだ。

この朝、江戸の内海は穏やかだった。

いつしか金杉橋《かなすぎばし》から来た東海道と赤羽橋《あかばねばし》を渡ってきた道が交わる元札《もとふだ》ノ辻《つじ》の高《こう》札場《さつば》の沖合に差しかかっていた。

「このような日が私に巡ってくるなんて夢のようです」

「麻、夢かどうか海の水に指で触れてごらんなされ」

汀女の言葉通り麻が手先で海水に触れて、

「気持ちがいい」

「ならば夢ではありません、現《うつつ》です」

と汀女が言い切った。

「神守様よ、こないだは四郎兵衛様と佃島から船で相州小坪湊《こつぼみなと》まで行ったな」

「政吉どのも承知のように魚河岸に小坪湊から獲《と》れ立ての魚を運ぶ押送船《おしょくりぶね》の戻り船に乗せてもらった」

「わっしの船が江戸の内海を南に下って観音崎《かんのんざき》まで行けるものなら、皆さんといっしょしたい気分だよ」

と政吉がしみじみと言った。

「それがしも同じ気持ちだ。だがな、そう毎回楽旅もできぬ。こたびは品川の湊で我慢致そう」

「残念だが致し方ねえ」

政吉が諦めたように言った。

汀女と麻は東海道の眺めを海上からなんとも楽しげに見てはふたりして話し合っていた。

「まるで汀女先生と麻様は、ほんものの姉と妹のようじゃな」

「船頭さん、実の姉妹以上です」

と麻が答えるのを聞きながら、昨晩吉原会所を出る前に四郎兵衛に挨拶に行ったときの問答を思い出していた。

「神守様、建長寺《けんちょうじ》へのお参り願えますな」

四郎兵衛が念を押した。

四郎兵衛と幹次郎だけが分かるやり取りだった。

公儀と新吉原が明暦《めいれき》年間（一六五五～五八）に取り交わした『吉原五箇条遺文』が納められた建長寺に眠る、二代目の庄司甚右衛門《しょうじじんえもん》の供養を願ったのだ。

ということは吉原の命運を決める『吉原五箇条遺文』の無事を確かめる旅でもあったのだ。

「麻の思い出の地が鎌倉と分かり、訪ねると決めたときよりその気でおりました」

「お頼み申します」

数多《あまた》ある遊里の中でなぜ吉原だけが公儀公認の、

「御免色里」

なのか、公儀と二代目庄司甚右衛門が交わした唯一の文書が鎌倉の建長寺に隠されてあった。

（そうか）

幹次郎ははたと気づいた。

先夜、澄乃を襲おうとしたのは、『吉原五箇条遺文』に関して、新たに悪巧みをする連中ではあるまいか。

廓内に注意の眼を向けているならば、神守幹次郎の「鎌倉行き」が物見遊山の旅だけに終わるはずはないと察するはずだ。ならば幹次郎らの道中に「監視の眼」が張りついてくる、と思った。

「麻、御殿山《ごてんやま》が見えてきました。御殿山の南を流れる目黒川《めぐろがわ》が流れ込むのが品川の湊ですよ」

と汀女が教えた。

「日本橋から品川宿までの二里（約八キロ）をわれら労せずして辿り着いた。本式な徒歩《かち》旅は品川宿からじゃぞ。麻、よいな」

「はい」

と麻が返事をして政吉船頭の船が目黒川河口に架かる鳥海橋《とりうみばし》を潜っていった。

二

南品川宿と北品川宿の境ゆえ土地《ところ》の呼び名では境橋《さかいばし》、正式には中《なか》の橋《はし》の南詰《みなみづめ》に上がった幹次郎ら三人は、政吉船頭の見送りの船に向かって丁重《ていちょう》に一礼して南品川宿を歩き出した。

明け六つ（午前六時）過ぎだ。

晩夏の朝日が品川宿を照らし、宿場では、

「旅人さん、朝餉を食していかんかね」

と幹次郎らに女衆らが話しかけてきた。

「どうするな、姉様、麻」

「私どもは政吉さんの船に乗せてもらい、一歩も歩いていないに等しゅうございます。私はお腹も空いておりません」

汀女の言葉に麻も少しでも歩いてみたい、そんな顔をしていた。

「幹どのはお腹が空かれましたか」

三人だけの折りの呼び名で麻が尋ねた。汀女の呼び方を真似ているのだ。他人が交じっている場所では、義兄上と言い換えた。

「麻、それがしとて船に揺られておっただけだ。六郷ノ渡しを渡り、川崎宿《かわさきしゆく》にて川崎大師《だいし》にお参りして朝餉を食さぬか」

幹次郎の提案に麻が、

「川崎大師にお参りします」

と直ぐに賛意を示し、汀女を見た。

「麻、私も川崎大師の話を聞くばかりで、これまでお参りしたことはございません。ぜひこの機会にお参りしとうございます」

「よかろう。こたびの旅は御用ではない、と四郎兵衛様から急ぎ吉原に戻ってくる要はないとお許しを得ておる。旅慣れぬ麻の足と相談しながら、ゆるゆる進もうではないか」

幹次郎らは品川宿の客引きの女を断わって、品川の海から潮の香りが漂う東海道を南に下り始めた。

品川は東海道第一の宿場だけに旅籠《はたご》やめし屋が長々と軒を連《つら》ねて、長旅をする人と見送りの人びととが別れの盃《さかずき》を交わす光景が見られた。

麻はそんな光景が珍しいのか、きらきらと好奇心に輝いた眼差しを向け、また往来する旅人や品川の海を東海道から眺めながらも、意外としっかりとした足取りでふたりの前を歩いた。

「麻、ゆるゆると歩みなされ。鎌倉までは長《なご》うございます」

汀女にまるで幼女のように注意されたが、

「姉上、旅は楽しいものですね」

と嬉々《きき》とした声で応え、それでも歩をわずかに緩めた。

幹次郎が足を止め、

「麻、妙国寺《みようこくじ》の門前横丁は、東海道と池上本門寺《いけがみほんもんじ》に向かう池上通りの分かれ道でもある。大山参りに参られる方々はこの妙国寺の門前町で東海道と別れて池上通りを進まれる」

と麻に教えた。

「えっ、御会式《おえしき》で有名な池上本門寺はこちらの道を行くのですか」

麻が立ち止まり、すでに店開きした妙国寺門前町を眺めた。

「そうだ。この池上通りを進むと池上本門寺の前を通り、二子《ふたこ》ノ渡しにて六郷川を越え、大山道を大山へと向かうことになる」

と幹次郎が答え、

「麻、池上本門寺にお参りしたいですか」

との汀女の問いにしばし沈黙していた麻が言った。

「池上本門寺詣ではこの次に致します。姉上、六郷ノ渡しに急ぎましょう」

街道の西側に紅葉で有名な海晏寺《かいあんじ》などの山門が連なるのを横目に、三人は六郷ノ渡しへと進んだ。

鈴ケ森《すずがもり》、梅屋敷《うめやしき》などの前を過ぎても麻の歩みはしっかりとしたものだった。

汀女は、麻がこの旅に備えておあきと柘榴の家の周りを歩いて足を鍛えていたことを承知していた。だが、幹次郎には黙っていた。

六郷ノ渡しが見えてきた。

「ああ、姉上、六郷川ですね」

と麻がふたりを振り返った。

その顔を怪訝な顔で見た男たちがいた。

いささか胡散臭《うさんくさ》い連中だった。じろじろと麻と汀女の笠の下の顔を確かめている。それとは別にやはり六郷ノ渡しを利用しようという男衆のひとりが、

「おや、会所の神守様ではございませんかえ」

と声をかけてきた。

鳶職《とび》か、いなせな仕事をしている様子の男たちの形《なり》で、一行は秋葉《あきは》神社にお参りに向かう道中のようだった。

声をかけてきたのは先達《せんだつ》、壮年の男だった。幹次郎を承知のようだが、幹次郎には顔に覚えはなかった。

「火伏《ひぶせ》りの秋葉神社に詣でられるか」

「へえ、神守様方はどちらに」

女ふたりの連れを気にしながら、幹次郎に問い返した。

「われらは、川崎大師にお参りして鎌倉に向かう」

「御用旅ではなさそうだ」

秋葉山講中の若い衆が言った。

「身内をな、鎌倉見物に案内する役だ」

「ほう、先達ですか。それにしてもなんとも贅沢《ぜいたく》なお役ですね」

と笑った男たちが麻を見て首を捻った。

素顔ながら麻がただ者ではないと思案している表情だ。

幹次郎は目顔でそれ以上口を利くなと、それとなく男たちに忠告した。

六郷ノ渡し船には秋葉山の講中の一行と同乗した。

講中の先達が幹次郎の耳元に、

「連れのおひとりは薄墨様ではございますまいな」

と囁いて問うた。

「先達、新しい生き方を始めた女の詮索《せんさく》は、野暮じゃぞ」

と釘を刺した。

「いかにもさようでございました。わっしは、秋葉山詣でのしょっぱなに観音様
おふたりに出会《でお》うて、なんとも幸せな気分ですよ」

「先達の胸に仕舞っておいてくれぬか」

幹次郎も小声で注意した。

「へえ、合点《がってん》承知の助だ」

と先達が胸を叩いて、渡し船は川崎側に到着した。

先達が竹の杖《つえ》を幹次郎に一本渡した。

「おひとりは旅慣れぬとみました。杖があると役に立ちますぜ」

「忝《かたじけな》い」

幹次郎は麻に竹杖を渡した。

「有難うございます」

麻が先達に礼を述べた。

秋葉山詣での講中の鳶連中とは、川崎宿で別れた。

杖を手にした幹次郎ら三人は、

「大師河原平間寺《へいけんじ》、武州橘樹郡《ぶしゅうたちばなごおり》川崎郷《ごう》大師河原村にあり」

と旅の図絵が記す川崎大師へと向かうためにいったん東海道を離れた。

川崎の総鎮守《そうちんじゅ》佐々木《さ さ き》明神社《みょうじんしゃ》の鳥居の前で拝礼し、厄除けの川崎大師に向かった。そこで三人は、門前町を眺め、本堂に参拝して、ふたたび門前町に戻り、その一軒で朝餉を摂った。

もはや四つに近い刻限であったが、急ぐ旅ではない。

三人が東海道に戻ったときには四つ半を大きく過ぎていた。

川崎宿から神奈川宿まで二里半（約九・八キロ）だ。

幹次郎は麻の足の運びに注意していたが、未だしっかりとしたものだ。ひょっとしたら神奈川宿から一里九丁（約四・九キロ）先の程ヶ谷宿までは行けそうかと、麻に、

「肉刺《まめ》などできておらぬか」

と尋ねた。

「幹どの、この旅に備えて、おあきさんと歩く稽古をしておりました。足袋《たび》の上から草鞋《わらじ》を履く鼻緒《はなお》掛けも姉上に習って足に馴染んでおります」

と麻が答えた。

「ならば、程ヶ谷辺りを目指そうか」

とふたりの連れに言い、

「麻、母上と訪ねた鎌倉の道中の光景をなにか覚えておらぬか」

と麻に訊いてみた。

しばし沈黙していた麻が、

「曖昧なことを少しばかり覚えているだけです。もっともそれも吉原にてお客様に聞いた鎌倉行きの話とごっちゃになり、幼い私自身が見た光景かどうか判然と致しませぬ」

と答えた。

川崎宿に戻って程ヶ谷に向かって東海道に架かる鶴見橋《つるみばし》を渡った。

「姉上は、幹どのとの道中をはっきりと覚えておいでですか」

「私どもはもはや大人になってからの旅でした。ゆえに覚えていていいはずが、妙にはっきりとしているところとまるで覚えがない箇所がございます」

「それはまたなぜでございましょう」

「私どもは追っ手にかかっての道中でした。追っ手の気配を感じたときは、そのことばかりに気を使い、旅の景色も話を交わしたはずの土地の人の顔も言葉も覚えていません」

汀女の言葉に麻が頷いた。

幹次郎は、六郷ノ渡し場で幹次郎一行に注意を向けた男たちの気配を背後に感じていた。それは秋葉山講中の連中ではなかった。『吉原五箇条遺文』に関心を抱く連中だ。

だが、女ふたりには黙っていた。

一行は昼前に程ケ谷に着いていた。

その宿場の一角にいくつかの道標《みちしるべ》が立っていた。

三浦《みうら》半島の古都《こと》鎌倉に向かう「鎌倉道」の道標だが、ここから出る道は一本ではない。四つの道が縄をより合わせたように絡み合いながら海に向かって走っていた。

その一は「圓海山《えんかいざん》之道」、二は「かなさわ　かまくら道」、三は俳人其瓜《きそう》が「程ケ谷の　枝道曲れ　梅の花」と詠んだ「梅の花道」、そして、最後の四つ目が

「ほうそう神富岡山芋大明神《がみ》えの道」であった。

ゆえに程ヶ谷からはこれらの道を選んで鎌倉に行くことができた。

「姉様、麻、程ヶ谷から二里九丁（約八・八キロ）で戸塚に着く。麻のただ今の足の様子ならば、行けそうな気もする。だが、旅は最初に無理をすると次から差し障りが生じる。この程ヶ谷宿で泊まっていこうか」

「幹どの」

と麻が振り返った。

「ご案じなさいますな、私は二里や三里（約十二キロ）くらい歩けます。いえ、歩いていたいのです」

と幹次郎に願った。

麻は屋敷暮らしのの ち、吉原に身を落とした武家の娘だ。幼い折り、母と訪ねた鎌倉が江戸以外で知るただひとつの旅の思い出だった。

亡くなった伊勢亀半右衛門の俠気《おとこぎ》に落籍され、勝手気ままな身になった麻が、初めてなす旅を楽しんでいるのが幹次郎にも汀女にも分かった。

「幹どの、竹杖もございます。麻の足任せでもう少し道中を楽しみませぬか」

汀女の判断に麻が笑みを浮かべ、幹次郎は素直に従った。

程ヶ谷宿まで辿り着けば、品川から六里九丁（約二十四・五キロ）歩いたことになる。旅慣れぬ麻としては上々の滑り出しだ。さらに二里九丁歩くとなると、八里十八丁（約三十三・四キロ）、慣れた旅人の一日の旅程だ。

幹次郎と汀女の前を歩く麻は、

「ああ、幹どの、こちらの道しるべに大山道と刻んでございます」

「麻、どこへ行くにも道は一筋ではない。いくつもの道がある」

「そうですか」

と答えた麻が、

「江戸から鎌倉に向かう道も一筋ではないのですね」

「そうだ、何筋も鎌倉道はある、なぜだと思うな」

しばらく考えていた麻が、

「そうでした、鎌倉には以前東国の都《みやこ》、鎌倉幕府がございました。ゆえに鎌倉道が何筋もあるのですね」

「そういうことだ。いざ鎌倉の危難が生じた折り、各地の武士団が駆けつける鎌倉道は、東海道のこの界隈のいずこからも出ておる。そのひとつ、金沢八景《かなさわはつけい》を通る『かなさわ　かまくら道』は帰路に取っておこうと考えておるがどうだな、麻」

　麻が汀女を見た。

「幹どの、往路は別の道を辿られますか」

「麻の足の運びを見ておったらな、いささか考えが湧いた」

「ほう、それはまたどのような考えでございますな」

「姉様と麻には内緒にしておこう。まずはこのまま東海道を行き、戸塚宿を目指す」

　と幹次郎が答えた。

　さすがに麻の足の動きが遅くなった。

「麻、馬か駕籠を雇おうか」

「いえ、ゆっくりと歩けば大丈夫にございます」

　肉刺ができて足を引きずる様子はない。ようは歩き慣れぬゆえ、疲れたのであろうと思った。

　戸塚までは一里（約四キロ）ちょっと残っていた。

「麻、戸塚の旅籠に着きましたら、私が足を揉んで差し上げます」

　との汀女の言葉に、

「それはよい考えじゃな」

と幹次郎が答えた。

路傍に野地蔵が祀《まつ》られた小さな小屋があった。

「麻、あの地蔵様の祠《ほこら》の階《きざはし》にて腰を下ろせ」

「休まなくとも歩けます」

「麻、この旅の先達は神守幹次郎じゃぞ、先達の命は絶対じゃでな」

幹次郎が野地蔵に手を合わせて階に麻を座らせた。

「よし、右足か左足か、疲れたのは」

「少し休めば治ります」

「足を伸ばせ」

と命じた幹次郎が麻の右のふくらはぎを揉み始めた。

「幹どの、それは困ります」

「旅は相見互いだ。それを忘れたひとりが足を引っ張れば三人しての旅が頓挫《とんざ》する。ゆえに前もっての療治は要るのだ」

「麻、先達の命は絶対ですよ」

汀女の言葉に麻も諦めて、幹次郎の手によるふくらはぎの揉み療治を受けることになった。

まだ日は高い。

戸塚まで日があるうちに着くと踏みながら、幹次郎は麻の足を揉み続けた。

「義兄上、ずいぶんと楽になりました」

と麻が答えたとき、汀女が、

「幹どの、六郷ノ渡し以来の金魚のフンが姿を見せました」

と告げた。

幹次郎が振り向くと、木刀を肩に担いだ浪人者に用心棒を加えた五人の半端者《はんぱもの》が幹次郎らを囲むように立っていた。五人とも江戸を追われたか、旅姿だ。

「なんぞ用か」

「ああ、どさんぴん。随分《ずいぶん》と往来で見せつけてくれるじゃないか。女ふたりはおめえには勿体《もったい》ねえ。さっさと女を残して消えな」

と半端者の兄貴分が幹次郎に言い放った。

「やめておけ。怪我をするだけだ」

浪人者が木刀を肩から下ろした。

幹次郎は麻の竹杖を手にした。

「舐《な》めた真似をしてくれるじゃねえか」

「ひとりずつでは面倒だ、どうだ、いっそ五人でかかってこぬか」

幹次郎の挑発に兄貴分が長脇差《ながどす》を抜き、用心棒侍と目を見合わせた。

その瞬間、幹次郎が用心棒侍の喉元に竹杖を突き込み、続いて兄貴分の鬢《びん》を竹杖で殴りつけていた。

一瞬の早業だ。

浪人も兄貴分も地べたに転がって呻《うめ》き声を上げた。

「次はだれかな」

幹次郎の竹杖がぐるりと回されると、三人が悲鳴を上げて逃げ出した。こやつらが『吉原五箇条遺文』を手に入れようとする連中が雇った者たちだろうか。


この日、麻は浅草から品川まで政吉船頭の船で送られたとはいえ、歩き通して七つ（午後四時）前には戸塚宿に到着していた。

東海道に面した旅籠萩原喜左衛門《はぎわらきざえもん》方の一室を三人で取ることができた。

「姉様、麻、旅では相宿になることもある。かようにひと部屋にわれらだけ休むことが叶わぬ場合もあるがよいか」

「私はそれでもようございます」

と麻がにっこりと笑った。

旅籠の男衆には、汀女と麻のふたりを連れた幹次郎を何者かと、訝しむ表情があった。

「男衆、ひとりはそれがしの女房、もうひとりは義妹じゃ」

との幹次郎の声に、

「いえ、美形の姉妹を連れての道中、さぞ気遣いなされましょうな」

と男衆が幹次郎に同情した。

「夕餉だが、部屋に運んでくれぬか」

幹次郎がなにがしか心づけを渡すと男衆が心得て、その手配をすると応じた。

この夜、三人は川の字になって眠った。

麻はさすがに疲れたか、床に就くと直ぐに寝息を立てて眠りに落ちた。

「姉様、麻はよう頑張ったな」

「頑張りました」

と汀女が幹次郎の手を握った。

三

旅の二日目、七つ半（午前五時）に幹次郎、汀女、麻の三人は草鞋の紐《ひも》をふたたび結んだ。

「どうだ、麻。足に痛みはないか」

麻がにっこりと微笑んで、

「義兄上に足を揉んでいただいたおかげで動きが軽やかでございます」

と応じ、

「本日は東海道を昨日と同じように歩いて進みますか」

と尋ねた。

「昨日と同じように東海道を上れば小田原城下に着こう。われら、本日はまずは藤沢宿を目指す。二里ほどだ」

「二里なれば一刻半（三時間）で着きましょう」

「いや、昨日ほど頑張る要もない。姉様と麻に褒美をな、与えようでな。楽しみにしておれ」

うだ。三人のやり取りから、旅籠の男衆も女衆も仲のよい武家方の身内とみていたよ
うだ。まさか麻が吉原に奉公し、全盛を極めた太夫などとはだれも思わなかった。

それくらい麻は、吉原にいても己を、加門麻を常に意識して暮らしていた。

ために神守家に引き移って直ぐに加門麻に戻り、吉原の暮らしと生き方をそぎ
落としていた。

「お武家様、美形の姉妹と旅をなさる、羨ましいかぎりでございます」

番頭が表口まで見送り、言った。

「はい。私ども仲が宜しい身内同士です」

麻が応じて竹杖を手にふたたび東海道を真っ先に歩き出した。

「元気でなによりじゃ」

幹次郎が汀女に話しかけ、麻を追った。

「私どもに褒美とはなんでございますな」

「姉様、本日はゆっくりと参ろうか。二里先の藤沢宿より鎌倉道が出ておる。じ
やが昨日の麻の歩みを見ておって、少し道草を食いながら鎌倉に参ろうかと考え
た」

幹次郎は、江ノ島を経て鎌倉に向かう道の名前から『江ノ島』をわざと省いて

言った。

「ほう、道草でございますか。どこへ立ち寄られます」

「それは藤沢に着いての楽しみとせよ」

幹次郎が答えると、手拭いで顔を覆い、菅笠で夏の日差しを避けた麻が不意に振り向き、

「姉上、幹どのは意地悪です」

と言った。

ふたりのやり取りを聞いていたのだ。

「麻、昨夜も、そなたが眠りに就くまで足を揉み続けたのはどこのどなたです」

「ああ、忘れておりました。幹どのが麻の足を丹念に揉んでくれました。そのお蔭で本日も軽やかに歩くことができます」

と幹次郎に一礼した。

汀女は、麻が柘榴の家の一員として馴染んでくれたことをなにより嬉しく思っていた。

吉原を焼き尽くした火事で猛火の中に取り残された薄墨太夫を幹次郎が身を挺《てい》して救い出して以来、薄墨が幹次郎に格別な想いを抱いていることを汀女はむろ

ん承知していた。だが、薄墨がその感情を人前で出すことは遊女として許されることではなかった。

その秘めた薄墨の恋を伊勢亀半右衛門は見抜いていた。ゆえに己が死に至る病を思ったとき、札差伊勢亀の跡継ぎの後見とともに薄墨の落籍話を幹次郎に託《たく》したのだ。

汀女にとっても伊勢亀の隠居の死は思いもかけないことだった。まして亭主の幹次郎が伊勢亀半右衛門からさような願いを託されて動いていたとは、事が明らかになるまで知らなかった。

ともかく伊勢亀の隠居の粋な計らいで薄墨太夫は吉原から大手を振って出る身になり、身許引受人の幹次郎と汀女夫婦が加門麻を身内として迎えたのだ。

汀女にとって薄墨は妹以上の存在だった。

美形だけで吉原の頂に立つことはない。人柄、見識《けんしき》が備わっていなければ全盛を極める松の位の太夫を務め上げることはできなかったろう。そして、なにより薄墨が、

「加門麻」

という己の出自を吉原の暮らしでも忘れることがなかったことを、それを支え

たのが幹次郎であることを承知していた。

ふたりの親密な関係を汀女は温かく見守ってきていた。

（なぜであろうか）

と自問自答した。

吉原の勤めを、それも太夫を務める奉公がどれほど苦しいものか、汀女が知っていたからだ。

全盛を極めた太夫といえども、勝手気ままにならないことがあった。

二万七百余坪の高塀と鉄漿溝の外へは、出ていける身ではないということだ。そして、好きな客ばかりを相手にするわけではないのだ。嫌な客でも笑みを絶やすことなくもてなし、床をいっしょにする務めも果たさねばならなかったのだ。

汀女は遊女の経験はない。だが、父の借財のかたに好きでもない納戸頭《なんどがしら》の藤《ふじ》村壮五郎《むらそうごろう》の嫁に行かされた。その汀女を救い出したのは幹次郎だった。

妻仇として十年も逃げ回った末に吉原会所に身を寄せ、ようやく安寧《あんねい》を得たのだ。

汀女と麻、歩いてきた道のどこがどう違おうか。

麻は幹次郎を命の恩人と敬《うやま》い、蜜かに想いを抱いていた。汀女の前でそれとなく冗談めかして言葉にしたこともあった。

汀女は麻の本心を知っていた。

この感情は、楼主の三浦屋四郎左衛門や女将、遣手などに決して気づかれてはならぬことだった。

汀女は思いがけない伊勢亀の死により大きな展開を見せ、薄墨太夫が加門麻に戻ったとき、

(麻に想いを遂《と》げさせてあげたい)

と考えた。ゆえに伊勢亀の隠居が眠る鐘ヶ淵の多聞寺の墓参りにふたりだけで行かせたのだ。

あの夕べ、やらずの雨が降った。

伊勢亀の別邸に足止めを食ったふたりがどうしたか、汀女は知らぬふりを通してきた。麻と幹次郎が男女の仲になったとき、

「嫉妬心」

が湧くと思ったこともあった。それが、麻の顔を、幹次郎の顔を見ているとそのような感情は起きなかった。

(世間にはいろいろな男女模様があってよいではないか)

麻が汀女の、

「妹」

ならば、姉と妹が同じように幹次郎とときに情けを交わすことがあってもよいではないか。だが、それは三人だけの決して表に出してはならぬ、

「秘めごと」

であった。

汀女の覚悟であった。新たなる旅立ちだった。

いつしか東海道の松林を通過し、小栗判官《おぐりはんがん》の墓所のある遊行寺《ゆぎょうじ》山門前で、麻が足を止めて合掌した。

「麻、われら、この先で東海道を離れる」

と幹次郎が言った。

「幹どの、鎌倉道に入るのですね」

「鎌倉に急ぎ訪ねたいか、麻」

「いえ、このまま東海道をずっと歩いていたい心境です」

「京の三条《さんじょう》大橋に行くことは叶わぬ」

「では、どこへ」

馴染のある鎌倉道の分かれ道に差しかかった。

幹次郎は、ここに建長寺板倉道慶《いたくらどうけい》老師を修行僧たちと迎えに出たことがあった。昨年の冬、吉原会所の七代目四郎兵衛の供をして、吉原存続に関わる『吉原五箇条遺文』を鎌倉に確かめに来た折りのことだ。

だが、その分かれ道を幹次郎らは通過した。

「やはり、鎌倉道に曲がるのではないのですね」

笑みを浮かべた麻は幹次郎を見た。そして、汀女に尋ねた。

「姉上は行き先をご存じですね」

「麻が知らぬ行き先をどうして私が知っておりましょう」

「そうでしょうか。姉上と幹どのは夫婦です」

「いかにも夫婦です。ですが、世間並みの夫婦ではありません」

「他人様の女房だった姉上の手を幹どのは引いて逃げ、想いを貫き通したふたりです。ゆえにどちらの夫婦よりも絆《きずな》が強うございます」

「はい」

「そんな姉上と幹どのが大好きでございます」

加門麻が無邪気にも言い切った。

「麻、われらは世間の考えでは通らぬ所業にて生まれた夫婦だ。世間様の夫婦とは一風変わっておる。その覚悟がありやなしや」

「こうして楽しく旅をしております」

と麻が満面の笑みで応えた。

「どうやら幹どの、そなたは美形ふたりとひとつ屋根の下で暮らすさだめにあるようです。どのようなお気持ちです」

旅に出たせいか、汀女もいつになく饒舌《じょうぜつ》だった。

「幸せなような、それでいてこれから先も世間の眼差しをそれなりに気にして生きてゆかねばならぬと思うと」

「辛いですか」

と麻が訊いた。

「麻、それがしをそう追いつめるでない。姉様ひとりにさえ太刀打ちできなかった神守幹次郎じゃぞ。これで姉様に加門麻が加わってみよ。柘榴の家のそれがしの位は黒介以下じゃな」

幹次郎の本音とも冗談ともつかぬ言葉にふたりの女が笑い転げた。

「ほれ。ここで東海道とは分かれる」

幹次郎は石の道標を指した。そこには、

「江ノ島へ一り九丁　宿の内　はし有　長十六間」

とあった。

「ああ、江ノ島に立ち寄るんですね、幹どの」

麻が幹次郎の手を握って上下に大きく振った。

往来の旅人たちや郷の人が麻の邪気のない振る舞いを茫然と見ていた。

「この分かれ道から一里ちょっとで江ノ島に出る」

「急ぎましょう」

「麻、江ノ島も海も逃げはしませぬ」

と汀女が麻に言った。それでも幹次郎の手を引くように境川に架かる長さ十六間（約二十九メートル）の橋を渡った。

橋を渡ると、道の左に銅《あかがね》の大鳥居が見えた。その傍らに百日紅《さるすべり》の老樹が何本かあって紅い花が目にも鮮《あざ》やかだ。

幹次郎はしばし百日紅の紅い花に見とれていた。そして、鳥居の奥に並んだ青《あお》紅葉《もみじ》がなんとも目に爽やかだった。

「幹どの、あれは」

と汀女が鳥居を指して訊いた。

「江ノ島弁財天の一の鳥居じゃ。これより江ノ島の参道というわけだ」

三人は歩きを再開した。

江ノ島への道には大山詣での帰路に江ノ島に立ち寄る講中の白衣姿が目についた。

「幹どの、賑やかにございますね」

麻にはなぜ江ノ島への道に大山詣での白衣姿の人びとがいるのか、理解がつかぬらしい。

「麻、後ろの山並みを見てみよ。あれが大山じゃ。あそこにまず詣でて穢れを落とし、江ノ島に立ち寄って、俗世間の楽しみに一時現《うつつ》の憂《う》さを忘れるのであろう」

「幹どの、江ノ島にも遊里があるのでございますか」

「そういうことだ」

麻はちょっと複雑な顔をした。

「麻、この世は男の勝手な考えで成り立っておるのかもしれぬ。大山詣での方々は何年かに一度の楽しみなのだ。厄落としや穢れを落とす名目で、命の洗濯をしておられるのだ。見たくないことは麻、見て見ぬふりをするのもそなたがこれから覚えねばならぬことだ」

しばし沈思していた麻がはい、と答えた。

「幹どの、最前大鳥居の脇の百日紅を見ておられましたね。なにか詠まれましたか」

「のう、麻、かように姉様はそれがしの胸中を読んでおられる」

ふっふふふ

と笑った麻が、

「なんと詠まれました」

と幹次郎に迫った。

「困ったぞ。北国《ほっこく》の傾城《けいせい》の女師匠ふたりがそれがしを咎《とが》めおる」

「百日紅　紅に惹かれて　立ちどまり」

と呟いた神守幹次郎は、

と呟いた。

「百日紅　紅に惹かれて　立ちどまり、ですか。幹どのの句を初めて耳に致しました、姉上、幹どのは俳人でございますね」

麻が言った。

「やめてくれぬか、それがしのは駄句だ。麻、そなた、姉様が句を詠まぬようになった理由《わけ》を承知か」

「いえ、存じませぬ。そういえばなぜ姉上は俳諧をやめられたのでございましょう」

「それがしと豊後岡藩城下を逐電した折り、姉様はいちばん好きであった、心の拠り所であった俳諧断ちをしたのだ」

麻が、えっ、と驚きの声を発した。

「存じませんでした」

「その代わり、それがしが胸に浮かんだ五七五を並べるようになった。他人様に披露《ひろう》するようなものではない」

麻が足を止めてふたりを見た。

「どうしたな」

「麻、なにを考えておられる」

麻が長いこと沈黙し、両目が潤《うる》んだように思えた。そして、吐き出すように言い出した。

「神守幹次郎様と汀女様、これ以上の夫婦は世間におられませぬ。私は、私は……」

と麻が言葉を失ったか、口だけを動かした。だが、言葉が出てこなかった。その分、涙が浮かんだ。

「麻、姉といっしょに少し歩きましょうか。幹どのは後ろから従ってきなされ」

幹次郎は後ろへと離れて従った。

江ノ島弁財天への参道は境川沿いに続いていた。

幹次郎が見ていると汀女が麻に懇々となにかを言い聞かせている様子があった。

姉が妹を窘《たしな》めている、そんな感じがした。

吉原で頂点を極めた薄墨太夫に親身になって注意したり、窘めたりする者はだれひとりとしていなかった。薄墨はそれだけに己を律《りっ》しながらこれまで必死に生きてきたのだ。

幹次郎の言葉のどこに麻は衝撃を受けたのか。

好きな人といっしょに生きるために、一番好きな何かを断つことが必要になることもあると知らされてのことかと幹次郎は思った。

幹次郎に潮の香りと潮騒《しおさい》が伝わってきた。

だが、前を行く女ふたりはなにごとか未だ話し合っていた。大半は汀女が言い聞かせていた。

幹次郎は少し間を詰めた。すると汀女の声が聞こえてきた。

「麻、よいですね。麻は私の妹です。私がいちばん大事な人もそなたの大事な人も同じお方です。そのことも姉の私がそなたに許しました。世間がなんと言おうと、己が生きたいように生きる。そのために幹どのは、刀を振るっておられる。私が好きな俳諧を嗜《たしな》まぬくらいなんでもありません。お分かりですか」

「はい」

「涙を拭きなされ。麻らしくありませんよ」

姉の言葉に妹が手拭いで瞼《まぶた》に浮かんだ涙を拭った。

「姉様、麻、前方を見よ。海が見えぬか、空が見えぬか」

ふたりが幹次郎の言葉に振り返り、ふたたび前方へと視線を変えた。そして、

「ああ、江ノ島です」

麻が叫び、

「姉上、幹どの、ささっ、早く参りますぞ」

と小走りになった。

浜辺から江ノ島へは潮が満ちていた。そして、西の方角の海の向こうに富士山を望むことができた。

三人は、空と海に囲まれる江ノ島と、相模の内海の向こうに聳《そび》える霊峰を黙っていつまでも眺めていた。

四

江ノ島は寺社奉行の管轄下にあった。

島は仁寿《にんじゅ》三年（八五三）に円仁和尚《えんにんおしょう》が島の岩屋に籠り、弁財天のお告げを受けて上之宮に社殿を建立したゆえ、全体が神の「境内」と見なされていたからだ。

一方で弁財天参拝のために江ノ島に渡る旅人に強請《ゆす》りたかりが横行していた。潮の引いた浅瀬を地元の人足が負ぶったり肩に担いだり、漁師船に乗せたりして高い金銭を要求したのだ。

そこで公儀では享和《きょうわ》元年（一八〇一）三月五日に、「触れ」を通告した。曰く、

「渡し舟八文　負越膝下十六文　負越股下二十四文　負越股上三十二文」

と決めたのだ。

「幹どの、江ノ島ですね」

「江ノ島じゃ、そして、もはや申す要もあるまいが富士の峰だ」

麻の問いに幹次郎が何度でも答えた。

「鎌倉はどちらにございますので」

「見よ、富士山とは反対の方角、こちらの海と小さな岬、小動《こゆるぎ》神社と七里（約二十七キロ）はないが七里《しちり》ケ浜《がはま》と呼ばれる浜の先にある」

「幹どの」

と今度は汀女が幹次郎を呼んだ。

「幹どのが私どもを江ノ島へと案内したのは、この景色を堪能《たんのう》させるためだけでございますか」

「四郎兵衛様から一日二日を急ぐ旅ではない、とお許しを得ておる。麻が本日じゅうに鎌倉に参りたいというのならばそうしよう。ゆるゆると行っても楽々日があるうちに着こう」

晩夏の光は中天にあった。

幹次郎が麻を見た。

「幹どの、母と参った寺探しに何日もかかりましょうか」

「鎌倉には寺は多い。そなたがどこまで思い出すか次第じゃが、それがしの勘では二日か三日あれば目処がつこう」

と幹次郎が答えた。

「江ノ島に渡って弁財天様に寺探しを祈願しとうございます」

「ならば島に渡ろうか」

浜に向かうと人足たちが幹次郎らに寄ってきた。

「お侍、女連れで島渡りはおれたちの助けがなければできないぜ」

髭面の大男が褌に潮に濡れた半纏《はんてん》を引っかけた姿で言い寄った。

そのとき、

「ひげ虎《とら》、三人はうちのお客人だ」

という声がした。

幹次郎が声の主を見ると、男衆が笑って幹次郎に会釈した。小紫の足抜騒ぎの折りに世話になった相模富士屋《さがみふじや》の男衆だ。

「おお、その折りは世話をかけたな。おかげで騒動にケリをつけることができた」

「話は聞きましたよ」

と男衆が言うところに、

「おい、常公《つね》よ。おれが先に声をかけたぜ。仁義《じんぎ》に反しねえか。なんなら腕にかけても客にするぜ」

と太い腕を撫《ぶ》して威嚇《いかく》した。

「ひげ虎さんよ、何年前になるかな、そう遠い昔じゃないよ。鎌倉の鶴岡八幡《つるがおかはちまん》近くで、元小田原藩士の居合抜きの腕っこきをあっさりと始末なさった侍の話を覚えてないか」

相模富士屋の男衆常三《つねぞう》が顎を撫でながら笑い顔で言った。

「江戸の吉原会所の用心棒だったな。足抜した女郎も始末された」

と言ったひげ虎が不意に気づいたか、

「おい、まさかこの侍が」

「そういうことだ」

「常さんよ、それを先に言ってくれよ。迎えに来ているなら来ているとさ。お侍さんよ、おりゃ、ただ女連れの客だから声をかけただけなんだよ」

ひげ虎が詫びた。

「稼ぎをふいにさせたな」

幹次郎も詫びた。

汀女が舟で島に渡ると知って笠と手拭いを取って潮風に顔をなぶらせた。すると麻も真似た。

その場の男たちが汀女と麻の顔を見て、ごくり、と唾《つば》を呑み込んだ。

「こ、これは」

「どうしたな、ひげ虎どの」

「ま、まさか今度はおまえさんが花魁ふたりを足抜させたんじゃないよな」

「ひげ虎どの、なかなかの勘じゃな」

「えっ、ふたりも美形を足抜させたんじゃ、追っ手が来るぜ」

「ひげ虎さん、私どもは足抜するほど若くはございませんよ。ご安心なされ、麻と私は吉原の遊女衆に読み書きを教える姉妹です。こたびは吉原会所の七代目の許しを得て鎌倉を訪ねる道すがらです」

汀女が幹次郎の冗談を訂正した。

「あ、あのさ、吉原の女郎に読み書きを教える女師匠は、たしかに年増だがよ、見たこともないほど美形だぞ。女郎はかたなしであろう」

「いえいえ、吉原にはいくらも美形はおられます。どうぞ江戸に立ち寄りの節は、会所にわが亭主どのを訪ね、吉原細見代わりに使ってやってくださいまし」

汀女の言葉に男どもががくがくと頷き、

「おれ、行く。江戸の吉原に必ず行く」

と若い人足が真剣な顔で言った。

常三の漕ぐ舟で江ノ島へと幹次郎らは渡ることになった。

「助かった」

「いえ、わっしも神守様の姿を見て『今度はなにが起こったか』と驚きましたよ。なんぞ曰くがございますので」

「ないこともない。こちらはわが女房どのじゃ、もうひとりは義妹じゃ。その義妹がな、幼い折りに母親と訪ねた寺をもういちど参詣したいというので企てた道中だ。だが、折角の鎌倉行き、ふたりに江ノ島を見せたくなった。またあの折りの礼をそなたらに述べたいと思ったのだ」

「さようなことでしたか」

と応じた常三が潮の流れに抗しながらも、手慣れた櫓さばきで島の船着場へと舟を着けた。

「神守様、うちに先に行ってくださいな。わっしは舟を舫《もや》ってきますから」

常三の言葉に頷いた幹次郎がふたりの手を取って次々に船着場に上げた。

汀女と麻は海抜百八十尺（約五十五メートル）余の小高い岡を見上げた。

「あの岡の上に弁財天様はございますので」

と汀女が幹次郎に訊いた。

「いや、海岸沿いの岩屋にあるそうな。頂は、ふたつの岡に分かれておってな、南に突き出たところに稚児ヶ淵《ちごがふち》と申して大島《おおしま》から伊豆《いず》の岬、さらには相模灘の向こうの富士が見える高台があると聞いた。だが、それがしと番方、御用ゆえさような場所を訪ねておらぬ」

「ならば弁財天様の祀られた岩屋詣でに参りましょう」

と麻が願い、

「まず先に相模富士屋に旅仕度を預けて身軽になって参ろうか」

と幹次郎がふたりを相模富士屋に案内した。

相模富士屋は参道の入り口にあり、海が望めた。

「おお、神守様ではございませぬか」

主の次右衛門《じえもん》が折りよく出迎えてくれた。

「次右衛門どの、あの折りはいかい世話になった」

「神守様方のご活躍、小田原の大久保様のご家来衆も『吉原には凄腕の用心棒が』、いえ、これは大久保様のご家来の言葉にございますぞ、そんなことを言うて驚いておいででした」

「吉原の用心棒でなんの差し障りもない。おお、そうじゃ、わが連れは女房の汀女と義妹の麻にござる」

「これはこれは、ご新造様に義妹御にございますか。よう参られました。それにしても神守様、なんとも美形のご姉妹ですな」

次右衛門が首を捻った。

「まあ、吉原の用心棒にしては果報者《かほうもの》であるのは間違いない。ところで次右衛門どの、部屋はござろうか。夏ゆえ大山詣での面々が江ノ島に立ち寄ろう」

「まだ、刻限が早《はよ》うございます。海の見える座敷八畳を用意できます」

「ならば願おう」

幹次郎らは旅仕度を解いて、身軽になり、

「主、弁財天本宮岩屋詣でをして参る」

「湯を立てておきますでな、それに相模灘の旬の魚を仕度しておきますぞ」

次右衛門が応じて、三人は相模富士屋を出た。

弁財天岩屋詣でや島巡りをゆっくりとなして、最後に稚児ヶ淵に上がったとき、夏の日差しが相模灘の向こうに傾こうとしていた。

黄金色に染まった相模灘、大島、伊豆半島、そして、富士山がなんとも見事な調和をなして三人の前にあった。

幹次郎も汀女も麻も無言だった。

ただ自然の懐に抱かれて眺めていた。

潮騒と蟬が三人を歓迎するように競い合って調べを奏《かな》でていた。

「ふうっ」

嘆声《たんせい》を漏らしたのは汀女だった。

「幹どのが私どもに江ノ島を見せたいと思うたはずです。なんとも目の保養になりました」

「幹どの、有難うございました」

と麻も礼を述べた。

「姉様、麻、礼の要などない。仙右衛門どのとそれがし、たしかに江ノ島に参ったが御用旅、弁財天も稚児ヶ淵も全く足を踏み入れておらぬ。それがしも初めての弁財天詣で、海と山、島と岬をいっしょに見る贅沢をかように味わった。礼を述べるならば、伊勢亀のご隠居にかのう」

と幹次郎が言った。

「さようでございました」

麻が江戸の方角に向かって両手を合わせた。

そのとき、稚児ヶ淵の雑木林の中から魚突きの銛《もり》、折れた櫓を木刀に仕立てたような棍棒《こんぼう》を手にした若い衆が姿を見せた。

島の者とも思えなかった。江戸払いになった連中が徒党《ととう》を組み、夏の間江ノ島で暮らしている、そんな風体《ふうてい》だった。

最後に着流しに懐手をした細面《ほそおもて》の若者が姿を見せた。

「新公《しん》、年増だがなかなかの女だな」

「兄い、だから、おいらが目をつけたと言ったでしょうが。さんぴんを崖から突き落とせば女ふたりはいただきだ。二、三日、廻しをしてよ、飽きたらどこぞの飯盛宿《めしもりやど》に叩き売ろうぜ」

と銛を持った小太りの男が応じた。

「その前に懐の金をかっさらいな」

懐手の兄いが言った。

「あいよ。話が決まった」

と答えた銛突きの新公が、

「どさんぴん、そんなわけだ。刀を外して懐のものを出しな」

と幹次郎に命じた。

「おまえらの話は一向に解《げ》せぬ。世間は一方ばかりの都合で事が進まぬ。ゆえに御免蒙《こうむ》ろう。この景色の手前、今なら許す、島を出よ」

幹次郎が命じた。

「新公、話が解せぬとよ」

着流しの懐手が言った。

次の瞬間、銛を手にした男が気配も見せずに投げた。

間合五、六間(約九〜十一メートル)か。

幹次郎が踏み込んで背後に汀女と麻を庇《かば》いつつ、津田助直が鞘走《さやばし》り、飛んできた銛を両断して横手に飛ばすと、その勢いのまま、新公の手首の腱《けん》を斬り放っていた。

「ああー」

と新公が悲鳴を上げた。

「一気に押し包め」

懐手から片手を抜いた着流しの兄貴分の左手に匕首《あいくち》が構えられ、傾いた日にきらりと切っ先が光った。

櫓から作った棍棒の男が幹次郎に殴りかかってきた。

幹次郎の助直が古い櫓を削った棍棒を搔い潜って峰に返してふたり目の男を叩くと、目の端に着流しの男が汀女らに襲いかかろうとしているのが映った。

だが、ふたりとも武家の出だ。

汀女が懐剣を逆手に構え、男の動きを牽制《けんせい》する間に幹次郎が、

「そなた、生きておっても世間のためにはなるまい」

と助直を突きつけた。

「や、野郎」

兄貴分の動きが止まり、匕首を腰撓《こしだ》めにした。

幹次郎は助直を正眼に取りながら、

「姉様、麻、横手に避《よ》けておれ」

と命じると、するすると稚児ヶ淵を背後にした。

「どさんぴん、背水《はいすい》の陣ってやつか。匕首の吉三郎《きちさぶろう》には通じねえよ」

「だいぶ修羅場を潜ったようだな」

「賭場の騒ぎで人を殺めて江戸を逃げ出した。代貸《だいがし》め、銭函《ぜにばこ》抱えてあの世に行ったろうな。てめえも同じあの世行きだ」

匕首の吉三郎と名乗った細面が腰撓めのままに間合を縮め、体を幹次郎にぶつけるようにして匕首を繰り出した。

だが、幹次郎は吉三郎の動きを見ていた。

匕首を構えた左の腕を助直が叩くと、
うっ
と呻いた吉三郎がたたらを踏んで稚児ヶ淵から相模灘へと転がり落ちて消えた。

くるり
と向き直った幹次郎の前に四人の手下が立ち竦んでいた。

「次はだれか」

切っ先がゆっくりと回された。

「いや、おれはいい」

とひとりが言い、残りががくがくと同意した。

「少し働け、仲間ふたりを抱え上げて参道まで下ろせ」

「許してくれるか」

「それは土地の役人が決めることだ。それがしがそなたらの背後から見張っておる。逃げようとすれば眼志流《がんしりゅう》居合術の技前《わざまえ》がそなたらの首を飛ばすことになる」

「わ、分かった」

幹次郎が手拭いで手首の腱を斬った銛突きの新公の二の腕を固く縛った。その上で、さらに気を失ったふたり目の男に活《かつ》を入れ、意識を取り戻させた。

幹次郎は血振りをくれて助直を鞘に納め、古櫓で作った棍棒を手にすると、

「姉様、麻、折角の景色に邪魔が入った」

と言いかけた。懐剣を鞘に納めた汀女と麻は、暮れなずむ景色を見ていた。そして、麻が振り向き、

「姉上、幹どのといっしょすると、退屈はしませぬ」

「田舎《いなか》芝居にもならぬ見世物じゃ、こちらは腹が立つ」

と吐き捨て、汀女が、

ころころ

と笑った。

相模富士屋に六人を先に立て、戻って事情を告げると、

「こやつらですよ、島陰でこの前から暮らし、弁財天の賽銭箱をひっくり返して銭を盗んだ連中は」

と門前町の男衆のひとりが言った。

「あれ、兄貴分が足りないな」

「そやつは稚児ヶ淵から転がり落ちておる」

「おお、それじゃ命を失うか、大怪我だな。よし、明日の朝にもひっ捕《とら》えよう」

と門前町の衆が話し合うところに江ノ島の寺社奉行配下の役人が駆けつけて、六人に縄をかけた。

すると手首の腱を幹次郎に斬られた新公が、

「血を止めてくれ。怪我の治療に医者を呼べ」

と痛みを堪《こら》えて喚いた。

「うるさい、詮議が先だ」

幹次郎らは厄介者を引き取ってもらうと相模富士屋の敷居を本式に跨いだ。
旅に出て二日目の夕暮れだった。

第五章　合縁奇縁《あいえんきえん》

一

翌朝、幹次郎ら三人は相模富士屋の舟で腰越《こしごえ》の湊に送られた。

「由比《ゆい》ケ浜《がはま》でもようございますぜ」

と船頭の男衆が言ったが、

「いや、麻が歩いて鎌倉入りしたいというのだ。江ノ島を舟から見物とはなんとも贅沢、腰越の湊に着けてもらおう」

と幹次郎が願った。

刻限は五つ（午前八時）と遅かった。

昨夕、そして本日未明の捜索でも匕首の吉三郎は見つからなかった。そうした中、稚児ヶ淵より少し離れた海岸で漁《いさ》り舟《ぶね》が偶然にも吉三郎が浮いているのを見つけたのだ。

なんと稚児ヶ淵から転落して足の骨を折り、全身に怪我をしていたが、命に別状はないという。海を泳いで逃げようとしたのだ。

命冥加《みようが》な吉三郎だった。だが、調べ次第では生きていたことを後悔することになりそうだ。

江ノ島を訪ねた旅人から強引に金子を奪ったり、女衆に乱暴したことを幹次郎に捕まった六人が白状していた。ともかく悪事には事欠かない匕首の吉三郎一味だった。

そんな調べに幹次郎が付き合ったために遅い旅立ちになった。だが、女ふたりは、朝の間にまた弁財天や岩屋付近の海辺を散策したとか、大いに江ノ島を堪能した様子だ。

「幹どの、旅は楽しゅうございます」

麻の顔が晴ればれとしていた。

その前夜、夕餉の刻限、主の次右衛門が三人の接待役を自ら務め、幹次郎らに酒を勧めながら、言いにくそうな顔で幹次郎を見た。

「主、なんぞ申したきことがありそうな」

「それでございますよ。私の覚え違いでは失礼に当たりますのでな、なかなか言い出せませぬか。義妹のことではござらぬか」

「はっ、はい。私が吉原にてお見かけしたお方によう似ておいでです」

と小声で言った。

「旦那様、私が吉原で遊女を務めていたころを承知ですか」

麻が、杯一、二杯の酒にほんのりと頰を染めて笑みで応じた。

「まさか薄墨太夫が私の目の前の女衆ですか」

次右衛門が仰天の表情で尋ね返した。

「われら、足抜して江ノ島におるのではない」

幹次郎が前置きして手短に落籍の経緯を述べた。足抜などという言辞《げんじ》を吐いたのは小紫の一件が念頭にあったからだ。

「なんと江戸の札差には粋なお方がおられますな。お亡くなりになったお方が薄墨太夫を落籍したとは、驚きですよ」

「はい。伊勢亀半右衛門様のおかげでこうして江ノ島を楽しんでおります。それもこれも義兄上の助力があればこそです」

「太夫、いえ、麻様、おめでとうございます。末永くお幸せにお暮らしください」

次右衛門が麻に言い、麻が有難うございます、と礼を返した。

潮騒を聞きながら和《なご》やかな一夕《いっせき》を過ごした。

「神守様、腰越の湊に着きますぞ」

と男衆が巧みな櫓さばきで小舟を湊に入れた。

「助かった。次右衛門様をはじめ、相模富士屋のご一統にわれらが感謝しておったと伝えてくれぬか」

「島に巣くう悪どもを退治なさったのは神守様ですぜ。江ノ島が反対にお礼をしなければなりませんよ。寺社方の役人など腰が重い上に、危ないことには決して手を出そうとはしませんからね。あやつらが蔓延《はびこ》ったわけですよ」

と言う男衆に幹次郎ら三人は別れを告げて、湊から腰越の坂を越えた。すると前方に七里ヶ浜が広がって見えた。

「麻、母上と訪ねた折りの鎌倉のことをなんぞ思い出したか。例えばだな、海から鎌倉に入ったとか、切通《きりどお》しを越えたとか」

幹次郎が尋ねた。

麻は今日も日差しを避けて菅笠を被っていた。だが、汀女と話し合ったようで、手拭いで顔を覆ってはいなかった。ゆえに菅笠の下の顔が見えた。

腰越の湊でも七里ヶ浜の海道でもすれ違う里人《りじん》や旅人たちがふたりの女を振返った。

「幹どの、私の覚えている中に海はまったくございません」

「となると、切通しを抜けてきたのであろうな」

「鎌倉に入るには切通しを抜けねばならないそうですね」

麻はだれかに聞いたか切通しの存在は承知していた。

「鎌倉は、三方を低い山に取り囲まれ、谷《やつ》とか谷戸《やと》と呼ばれる山間《やまあい》の谷が百数十もあるそうな。武家方の鎌倉幕府は、三方を低い山に囲まれた尾根を削って切通しを造った。あとの一方向は海だ。海と山に守られた鎌倉に入るには、切通しを抜けねばならぬ。ゆえに幼いそなたも母上の手に引かれて切通しから鎌倉入りしているはずだ。その数がいくつあるか知らぬが主なものは七つでな。鎌倉七口《ななくち》と呼ばれる」

「幹どのはようご存じです」

「姉様、四郎兵衛様に供をした折りの受け売りじゃ。受け売りついでに、鎌倉七口とは、名越《なごえ》切通し、朝比奈《あさひな》切通し、巨福呂坂《こぶくろざか》、亀谷坂《かめがやつざか》、化粧坂《けわいざか》、大仏坂《だいぶつざか》切通し、そして極楽寺《ごくらくじ》坂切通しじゃ」

麻はしばし考え込んだが、記憶にないのか横に顔を振った。

四つ五つの記憶はそんなものだろう、と幹次郎は思っていた。だが、その場に立てば必ず思い出すことがあると思ってもいた。

「やはり曖昧に覚えているだけでは寺を探し当てるのは難しいようですね」

「麻、未だ鎌倉にも入っておらぬ。日にちが許すかぎりゆるゆると鎌倉巡りを致さば、不意に思い出すこともある。焦るでない」

「はい」

麻が幹次郎に頷き返した。

昨夜、三つ敷き並べられた床を少し離し、幹次郎が端に寝ようとした。すると汀女が、

「幹どのはふたりの女子を守る役目がございます。なにがあってもよいように私どもふたりの真ん中にお休みくだされ」

と寝場所を変えられた。

「姉様と麻の間か、おちおち寝ておられぬな」

一昨夜の旅籠では汀女を真ん中にして幹次郎が端に寝た。

女たちが顔を見合わせて笑った。

ともかくふたりの女に両手を摑まれて幹次郎は眠ることになった。汀女からも麻からも直ぐに寝息が聞こえてきた。だが、幹次郎はなかなか眠ることができなかった。

いつの間にか眠りに落ちていた。

夜明け前か、幹次郎は唇を塞がれた。それがどちらであったか、幹次郎には気づかないほど一瞬だった。

「海風がかようにも気持ちがよいとは知りませんでした」

そんな幹次郎の想いも知らぬげに麻が言い、いつしか一行は稲村ケ崎《いなむらがさき》の坂道にかかった。

「麻、いよいよ鎌倉が近くなった。まずは長谷寺《はせでら》を見物して参ろうか。いったん海から離れることになる」

幹次郎は、昨夜相模富士屋で次右衛門からもらった「鎌倉絵図」を広げ、由比ケ浜に入る手前の長谷から山道に入った。

「幹どの、よう眠られましたか」

と汀女が不意に訊いた。

「姉様と麻に先を越されたでなかなか寝つけなかった。だが、いつしか眠り込んでいたな」

「不用心ですよ。女ふたりに襲われたらどうなされます」

汀女の大胆な言葉に麻が嬉しそうに笑った。

「姉上、それでは用心棒の役目が果たせませぬ。麻が起こそうとしましたがだめでした」

「私も幹どのを」

「姉上もですか」

「はい。美形ふたりに挟まれてなんということでしょう」

旅がふたりの女子の言動を大胆にするのか、汀女も麻もあっけらかんとしていた。

「そんなことより、相模の海を見てみよ」

幹次郎は女たちを振り返らせ、話柄を変えた。

わずかに高低が違っただけで相模灘の景色が変わって見えた。そして、相変わらず富士の峰が三人の旅路を見守るようにあった。

「姉上、富士のお山は見る場所で姿を変えられます」

「見飽きませんね」

幹次郎は、女たちに存分に海と山とを堪能させて長谷寺へと下っていった。

三人はこたびの旅で二度目の寺詣でとなる、長谷寺に辿り着いた。

麻は山門の前から幼い日の記憶を引き出すように眺めていた。その傍らに汀女がいて静かに見守っていた。

長谷寺は、海光山慈照院《かいこうざんじしょういん》長谷寺という。

寺伝によれば、養老《ようろう》五年（七二一）、開山の徳道《とくどう》が大和国《やまとのくに》の泊瀬《はせ》山中で楠《くすのき》の大木から二体の観音像を造らせ、一体を大和の長谷寺に安置したそうな。

このとき、有縁《うえん》の地で衆生《しゅじょう》を済度《さいど》する願いを込めて、残る一体を海に流したところ、相模国の長井浦《ながいうら》に流れつき、海に光を放ったという。それを鎌倉の地に移して藤原鎌足《かまたり》の孫・房前《ふささき》が創建したのが長谷寺だった。

長谷寺は冬になると紅葉や楓《かえで》に彩られる寺だという。だが、季節は晩夏、まだその時期には早かった。

坂東《ばんどう》三十三観音菩薩の四番目の霊場でもある長谷寺を見廻ったが、麻の記憶を呼び起こせなかった。そこで鎌倉大仏のおわす大異山高徳院清浄泉寺《だいいざんこうとくいんしょうじょうせんじ》に回った。

麻は鎌倉大仏を見上げていたが、

「かように大きな大仏様を見て幼子が忘れるわけもございません」

と言った。

幹次郎は、次右衛門からもらった「鎌倉絵図」を広げ、

「大仏坂切通しを見てみぬか」

とふたりに提案した。

大仏坂切通しに向かう道すがら百日紅の花が強い日差しの下に咲き誇っていた。

「姉上、幹どのは百日紅がお好きなのですか、句にも詠まれました」

「麻には馴染がございませんか」

「この旅で初めて見ました。『さるすべり　紅に惹かれて　立ち止まり』ですか、麻は百日紅が好きになりました」

と麻が言いながら足を止めて木肌に触った。

「つるつるして気持ちがいいわ。たしかに猿でも滑りそうです」

麻はなんにでも関心を示した。

裕福ではない武家方と吉原の暮らししか、麻は経験していなかった。

それがすべてだった。そして、唯一母といっしょしたという鎌倉行きが格別な

ものだった。

「麻、鎌倉を訪ねた季節は覚えておらぬか」

「幹どの、夏ではなさそうです、かような青空は思い出せません。かといって母が冬に私の手を引いて旅したとも思いません。秋なのか春先なのか」

と麻が言い、ようやく百日紅の枝から手を離し、歩き出した。

大仏坂は、長谷と梶原《かじわら》を結び、藤沢へと通じた。ゆえに加門母子が大仏坂を登ってきたことは十分に考えられた。だが、麻は大仏坂と教えられた坂道の頂で首を横に振った。

「麻、そなたと母上だけのふたり旅でしたか」

汀女が訊いた。

「そのことです」

と応じた麻がしばし沈黙して考え込んだ。これまで幾たびか考えてきたのだろう、そんな風情だった。

「小女のいよがいたように思います。鎌倉の旅から帰って直ぐに屋敷から暇を取りました」

「旅の間になにか揉めごとでもあったのであろうか」

「いえ、母が父に無断で屋敷を出て、鎌倉に行ったことを父がひどく怒ったのです。そして、いよにも当たり散らし、屋敷を辞めざるを得なかったのでしょう」

こんな話は初めて聞くことだった。

「いよとその後会ったか」

幹次郎の問いにいいえ、と麻が答え、

「母は父に無断で、なぜ鎌倉を訪ねられたのでしょうか」

と自問した。

「そうだな、それが分かれば訪ねた寺の見当もつく。だが、鎌倉にはたくさんの寺社がある。焦ることはない。寺詣でを愉《たの》しみながら、麻が思い出すのを待とうではないか」

麻が頷いた。

「もういちど海に戻るのもなんだが由比ヶ浜に出て、若宮《わかみや》大路を通って鎌倉のへそのような鶴岡八幡宮に詣でぬか。宿も近くにある」

幹次郎がふたりの連れに言った。

「若宮大路とは鶴岡八幡への参道にございますね」

と汀女が訊いた。

「海からほぼ真っ直ぐに北に向かって半里（約二キロ）と少しばかりの大路が抜けておる。寺は若宮大路の左右に散らばっていたと覚えておる」

幹次郎は、小紫の探索の折り、仙右衛門とただ御用に邁進《まいしん》するしかなかった。

だが、四郎兵衛に従った鎌倉行きでは、建長寺の雲水《うんすい》に従って鎌倉の町々を行脚《あんぎゃ》して回ったり、ひとりで時を作って歩いたりして鎌倉のおよその地理を頭に覚えさせていた。

幹次郎らは大仏坂から少し東寄りの道を由比ヶ浜に出た。

刻限はすでに九つ（正午）を過ぎていた。

「姉様、麻、腹が空いたか」

「朝餉をしっかりといただきましたゆえ、私はまだ」

と麻が答えた。

「最前、幹どのは宿が鶴岡八幡宮近くにあると申されましたね」

「言うた。この若宮大路の三の鳥居を横大路に半丁（約五十五メートル）ほど行ったところに『鎌倉　朝比奈屋《あさひなや》』なる旅籠がある。四郎兵衛様の定宿じゃ。こたびの旅籠もそこにせよと許しを受けておる。それがし夫婦にはいささか上等過ぎるが、こたびは麻もおることゆえ奮発致そうか。料理も地物の旬の魚と野菜を使ったものでな、なかなかなものであった」

「幹どのはお腹が空いておられますか」

「いや、そなたらと同じように朝餉を十分食した、一食くらい抜きたいところだ。そのほうが朝比奈屋の馳走《ちそう》が美味く食せよう」

「ならば、夕餉を愉しみに昼は抜きましょう」

と麻が決めた。

三人は京の朱雀《すざく》大路を模《も》して造られた若宮大路の段葛《だんかずら》、参道をゆっくりと鶴岡八幡に向かって歩いていった。

「四郎兵衛様に教えられたのだが、段葛は源頼朝《みなもとのよりとも》様の御台所《みだいどころ》、北条政子《ほうじようまさこ》様の安産を祈願して造られたそうな」

「姉上方は京も承知ですか」

「麻、あなたも苦労をなされたようですが、私どもも常に刺客に追われる旅暮らし、京を遊興する余裕などございませなんだ」

「すまぬ」

汀女の言葉に幹次郎が思わず謝った。

女ふたりが顔を見合わせ、笑った。

「幹どのを責めておるのではございません。いつの日か、余裕が生じた折りに京への旅を致しましょうか」

「よいな」

と幹次郎が言ったとき、

「姉上、幹どの、私も、加門麻もいっしょします」

と麻が応じた。

「おやおや、幹どのは、私どもふたりを生涯養うさだめのようですね」

「致し方ない」

と幹次郎が答えたとき、下馬札《げばふだ》が立つ三の鳥居に辿り着いていた。

「鶴岡八幡宮までもう少しだ」

大鳥居の前に延びた横大路に幹次郎がふたりを導くと、覚えのある青紅葉がわずかに色づき始めていた。そして、

「鎌倉　朝比奈屋」

の石畳の先にある表口に立った。

「早いお着きにございますね、神守幹次郎様」

女将のお怜《れい》自らが幹次郎らを迎えた。

「女将、ようわれらの到着が分かりましたな」

「四郎兵衛様から文を頂戴し、神守様ご夫婦ともうお一方を丁重にもてなすように命じられております」

とお怜が応じて、

「ご新造様、麻様、お待ちしておりました」

と出迎えた。

「幹どの、そなた、鎌倉でも名が知られておりますか」

汀女の問いにお怜が平然とした顔つきで、

「神守様の名を聞けば、この界隈の悪さを業《ぎょう》となす面々は逃げ出しましょうな、ご新造様。それほど名が知られております」

「おやおや、吉原だけで通じる名かと思うておりました」

汀女の言葉に麻が、

「姉上、私どもの幹どのはなかなか隅に置けませぬ、用心しなければ鼠《ねずみ》に引かれます」

と真顔で言った。

二

朝比奈屋に旅の荷を預け、まずは横大路から大鳥居に戻って鶴岡八幡宮へ参拝に向かった。

「麻、鶴岡八幡宮へな、母御と訪ねた寺の所在が分かるように願うのじゃぞ」

朝比奈屋を出た幹次郎が麻に言った。

「はい、幹どの」

と麻が答えた。

大鳥居を潜った境内では大勢の参拝の人びとが麻と汀女の顔を見て、ふたりの美しさに息を呑むのが分かった。

幹次郎は誇らしげな気持ちになった。

麻は、もはや吉原にいた当時の薄墨太夫の貫禄と存在感は薄れていた。だが、素顔から発散する高貴とも無邪気ともつかぬ美しさはだれをも驚かせた。その傍らに「姉」の汀女が寄り添っているのだ。

「おい、何者だ。えらく別嬪《べっぴん》な女衆ふたりを連れた果報者の侍だな」

大山詣でのついでに江ノ島、鎌倉に足を延ばした講中の男たちがまずは麻を見て、ごくりと音を立てて唾を呑み、そして囁き合った。

講中を率《ひき》いる先達が、じいっと三人を見ていたが幹次郎に向かい、会釈をなした。

幹次郎も壮年の先達に会釈を返した。

大工の棟梁か、鳶の頭かそんないなせな風情と形の先達だった。

「野暮は承知でお尋ねします。あなた様は北国の会所の御用を務めるお方ではございませんか」

北国とは吉原の異名だ。

「先達どの、いかにもさようだ」

「たしか神守幹次郎様」

その問いに幹次郎が頷いた。

「ということは、先ごろ江戸じゅうを騒がせた女衆がお供でございますね」

幹次郎は黙って頷き、先達だけに聞こえる声で、

「ただ今は市井の女のひとりに過ぎぬ。見逃してやってくれぬか」

へえ、と胸を叩いた先達が、

「だがよ、神守様、どこにおられようと天下を取られる美しさと人柄だ、だれも放ってはおきませんぜ。目の保養は致し方ございませんや。ところで鎌倉にはお礼に参られましたか」

「そんなところだ」

麻を見た先達が、

「お幸せになりくだせえ」

と挨拶した。

「有難うございます。麻はもはや十分に幸せにございます」

「わっしらも大山詣でから鎌倉に回って大運に巡り合いました」

と麻に笑顔を向けた。

幹次郎らは源平池《げんぺいいけ》の赤橋を渡り、流鏑馬《やぶさめ》道へと向かった。背で、

「先達、だれだえ、あの一行はよ」

「野暮なことを訊くんじゃねえ」

「だって先達は話したじゃねえか」

「知りたいか、腰を抜かすんじゃねえぞ」

「腰なんぞ抜かすか」

「大声を上げるんじゃねえぞ、留公《とめ》」

「声なんぞ上げねえ。こちとら江戸っ子のお兄《あに》いさんだ」

「よし、皆額を寄せねえ」

と先達が講中の男を集め、事情を告げた。すると男たちは無言で幹次郎らを見送り、

「わあわあああ」

と叫ぶ留公の口を先達が手で塞いだ。

拝殿にて拝礼し、横手を回って本殿への石段を上がった。

伊豆で挙兵した源頼朝は、南関東の武士団を配下に従え、源氏一族の東国の拠点にして父祖《ふそ》の地でもある鎌倉へ入った。

大臣山《だいじんやま》の山麓《さんろく》に源氏の氏神《うじがみ》を祀る鶴岡八幡宮を移築して東国の都造りを始めた。

幹次郎らは鎌倉幕府の氏神様の八幡宮の石段を上がり、本殿にて丁寧に拝礼した。

幹次郎も汀女も、麻が亡き母との思い出の寺が見つかりますようにと祈願していると推察した。

「もうこれで大丈夫にございます」

と己に言い聞かせた麻が先に拝礼を終えていた幹次郎と汀女に向き直り、目を瞠《みは》った。そして、無言で本殿への石段に歩み寄った。

じいっ、となにかを思い出すように鶴岡八幡宮から見える鎌倉の町並みを眺めていた。

「なんぞ覚えがありますか」

汀女が麻に歩み寄り、尋ねた。

幹次郎はこの場を汀女に任せて、女たちから少し離れた場所にいた。

「姉上、あの大きな銀杏《いちょう》はなんでございましょう」

石段を上がるとき、汀女も麻も足元と人込みに注意を払い、銀杏の木を見る余裕がなかったのだ。

「おそらく源実朝《さねとも》様を源公暁《くぎょう》が暗殺せんと隠れ潜んでいたとされる、隠れ銀杏ではございますまいか」

「実朝様はこの石段で殺されたのでございますか」

麻の問いに頷いた汀女が、

「鶴岡　あふぎてみれば　嶺《みね》の松……」

「……こずゑはるかに　雪ぞつもれる」

と『金槐和歌集《きんかいわかしゆう》』の上の句と下の句を姉と妹が詠じ合った。

「姉上、私ども実朝様の哀《かな》しみの地に立っているのですね」

麻の言葉に汀女が頷き、

「麻、そなた、この景色を覚えておられますか」

と念を押した。

「なんとのう、昔々に出会った景色と思えます」

「やはりそなたは母御とこの鎌倉に参られたのです」

首肯した麻と汀女の前に荒々しい男たちが上がってきて、

「邪魔だ、邪魔だ。どきやがれ」

と怒鳴った。

「おお、これは参道をうっかりと塞いでしまいました。お詫びします」

汀女が麻の手を引き、傍らに避けた。

怒鳴った男の後ろには、

「鶴岡八幡宮大太刀奉献」

と仰々《ぎようぎよう》しく墨書《すみがき》された大太刀を背負った子分どもを従えた親分らしき男がい

て、

「定吉《じょうきち》、大声を出すんじゃねえ。女衆が驚くじゃねえか」

と言いながら、汀女と麻の前に歩み寄り、

「うちの野暮天が大声を上げましてて相すいませんね。そうだ、お詫びのしるしに町に戻り、一献差し上げたい」

と麻を見ながら丁重に願った。

「親分さん、私たちが参道を塞いだのを子分衆が咎められたのです。私どもが悪うございました。お詫びなどとんでもございません」

と汀女が言った。

「おまえさんはだれだえ」

「姉にございます」

「姉さんね、ついでだ。おめえさんもいっしょに来なせえ」

と親分が汀女に言った。

「ついで、とおっしゃいましたか」

「おお、言ったがどうしたな、年増の姉さん」

「親分さんの名は」

「小田原城下で渡世を張る小動《こゆるぎ》の勘蔵《かんぞう》だ」

「小動の勘蔵ね、名前が泣きます」

「なに、女、こちらが下手《したて》に出ればなんだ」

最初に怒鳴った子分の大男が汀女の前に立ち塞がり、

「親分の言葉は素直に聞くもんだぜ」

汀女が珍しく鼻でせせら笑った。

「なんだ、その笑いはよ」

「すっとこどっこい、惚《ぼ》けなすらが。鶴岡八幡宮の境内で女の気を引く面じゃないよ。おまえたちの面を手洗いの水に映してみやがれ」

と啖呵《たんか》が飛んだ。

「あああー」

と子分のひとりが大口を開き、小動の勘蔵が、

「面白い、この姉妹を連れていけ」

と命じた。

幹次郎は汀女の初めて発した啖呵に感心して立っていた。

麻も驚きの顔で汀女を見ていた。

子分のひとりが動こうとしたとき、土地の古老《ころう》か、

「やめなやめな、小田原の親分よ。この女衆には強いお侍がついていなさるんだよ。おめえさんの首が鶴岡八幡宮の石段を転がり落ちるよ」

と割って入った。

「だれだ、強い侍たあ」

「ほれ、あそこに立っていなさるお方だ。江戸は吉原の裏同心、神守幹次郎様が元小田原藩士、居合の遣い手の佐野謙三郎をよ、宝戒寺《ほうかいじ》境内の参道で斃《たお》された腕前をわっしはとくと眺めていた。この鎌倉じゃ、神守様の名を知らない里人はいないよ」

「あ、あいつがそうか」

「どうするね、親分。首なしで小田原城下に戻るかえ。それよりさ、大人しく大太刀を納めて小田原に戻りなせえ」

古老の言葉にがくがくと小動の勘蔵親分と子分たちが頷き、大太刀を持ったまま石段を走り下りていった。

四半刻後、古老の案内で源平池の傍らの茶店で池を渡る風に吹かれて、幹次郎

らはひと休みしていた。

古老は、流鏑馬をはじめ、鶴岡八幡宮の諸々の行事を長年仕切ってきた鎌倉の町の名主の龍右衛門《たつえもん》だった。今ではその役目を倅《せがれ》に譲って、それでも一日一度は体のために鶴岡八幡宮の石段を上がって本殿にお参りするのが日課とか。

茶店で名物の団子を前に麻は無邪気に喜んでいた。

「ご老人、それがしが御用を務めた場にいなさったというのは真のことでございますか」

「いえ、ありゃ、口から出まかせにございましてね。あの始末を手伝ったのはわっしの倅でございますよ。ですが、わっしにはそなた様の妹御に見覚えがございましてね」

龍右衛門が麻を見て、

「吉原で全盛を誇られた薄墨太夫でございますよね」

と幹次郎に念を押した。

三人はしばし無言だった。

「つい最近、お馴染の旦那が薄墨太夫を落籍した、それも亡くなったお方の粋な計らいと聞いたばかりですよ」

幹次郎は隠すことは無駄だと考えた。

「龍右衛門どの、そうなのだ。もはやこの世に薄墨はおらぬ、加門麻という名に戻り、新しく出直しをしておるところだ。そのために鎌倉詣でを麻がわれらに願ったのだ」

「さようでしたか。たしか四郎兵衛様と建長寺にお籠りなさったのも、最近の話でしたな。わっしは倅らから神守様の風姿《ふうし》を聞かされていましたのでな、なんとしても一度は顔合わせしたいと思っていたのでございますよ」

と龍右衛門が言い、

「鎌倉詣でにてなんぞお困りのことはございませぬかえ。年寄りは時だけはございましてな、最前のようにお節介が道楽だ」

と笑った。

幹次郎は麻を見た。

麻は汀女に許されて団子を食していた。実に美味しそうに、そして嬉しそうに団子を味わっていた。

汀女が幹次郎に、

「これもご縁にございます。麻の願いをお話しなされては」

と言った。頷き返した幹次郎が、

「ご老人、麻はただ今ではわれら夫婦の身内でござる。市井の暮らしに慣れるために、さらには北国の暮らしと区切りをつけるためにこの鎌倉詣でを企てたのです」

と前置きして、麻が幼いころ、詣でた鎌倉の寺を再訪したいと考えていることを説明した。

「さようでございましたか。四つ五つではおぼろにしか覚えていないのは当然ですよ。母上様は小女連れで、幼い麻様を鎌倉の寺に連れて参られましたか」

と呟いた龍右衛門がしばし思案した。

「麻様は鎌倉詣でからおよそ十年ののちに吉原に入られた。いえね、嫌なことを申して、麻様の傷口に塩をすり込んでいるようだが、吉原に入られたこととその十年前の鎌倉行きは繫がっておりませんかえ。旗本家のお姫様が吉原に身売りするというのはよくせきのことでございますよ」

と三人を見た。

池に突き出た藤棚の下には四人しかいなかった。だれにも話を聞かれることはなかった。

龍右衛門はそのことも承知でこの緋毛氈《ひもうせん》が敷かれた場に案内したのだ。

「おお、われら、そのことを考えもしなかった。麻、どうだな、龍右衛門どののお言葉は」

すでに団子を食し終えていた麻が、

「私もこれまで鎌倉詣でとわが身の来し方とを結びつけて考えはしませんでした。そうお聞きしてみれば、そのふたつは繋がっておるやもしれませぬ」

と答え、母が鎌倉行きを父には内緒で企てたことを龍右衛門老人に告げた。

「麻様、父上様はなんぞ不満を抱いておられましたかえ」

龍右衛門が初めて麻に直《じか》に問うた。

「私が幼い折り、ご奉公のことで失態があったとか。父はそれを忘れるためにかお酒を呑むようになり、屋敷が荒れ始めていたのです。とどのつまり父が病に倒れて私が吉原に身売り致しました」

麻の告白に老人が大きく頷いた。

「龍右衛門どの、ふたつのことが結ばれていれば、どこの鎌倉の寺を訪ねたか、当たりがつきますか」

「へえ、もし、いいえ、失礼は承知の年寄りの当て推量だ。間違っていたら、麻様、お赦《ゆる》しくだせえ」

と龍右衛門が先に詫びた。

「ご老人、私、なにを聞かされても驚きませぬ。母の行動が解せなくてその理由を知りたいだけなのです」

麻の返答に首肯した龍右衛門が、

「皆さんは松岡山東慶寺《しょうこうざんとうけいじ》をご存じですかえ」

幹次郎は、汀女と麻の顔を見た。ふたりして承知していない様子だった。

「知らぬということは、神守様のお宅には縁なき寺でございましょうな。縁切り寺、駆け込み寺ですよ」

ああ、と麻が小さな声を漏らした。

幹次郎も臨済宗円覚寺派《りんざいしゅうえんがくじ》の尼寺《あまでら》の山門前を托鉢《たくはつ》に歩いたことを思い出していた。

「麻様はお気づきのようだ。この寺に駆け込んで昔は三年、ただ今では足掛け二年修行すれば女のほうから亭主との縁を切ることができるのでございますよ」

「ご老人、母は父との縁を切りたくて東慶寺を訪ねたのでございましょうか」

「麻様、わっしは神様でも占い師でもございませんや。だがね、東慶寺は縁切り寺として江戸でも知られておりますが、真のところは当人同士が話し合う場なのでございますよ。麻様の母上様は自分の気持ちをだれぞに聞いてもらいたくて、東慶寺をお訪ねになったとは考えられませぬか」

「父に内緒の鎌倉行きだったとしたら、縁切り寺を訪ねたと考えられます。その他に加門家と鎌倉が結びつくところはございません」

と麻が答えた。

「麻、これから訪ねるか」

と幹次郎が訊いた。

麻は迷うような顔で返事をしなかった。

「神守様、あの寺は、男は鬼門《きもん》だ。『松ヶ岡　男を見れば　犬が吠え』とか、『松ヶ岡　男の意地を　つぶす寺』なんてね、川柳《せんりゅう》に詠まれるところですぜ。神守様は、行かないほうがよかろうと思いますよ」

と龍右衛門が言った。

「そうか、犬に吠えられますか」

「へえ」

と答えた老人が、

「ここはご新造様にお任せなされ」

と幹次郎に言った。

「幹どの、麻、今晩ゆっくりと考えて、明朝、東慶寺を訪ねてみませぬか」

「それがしは、遠慮しよう。ともかく龍右衛門どのと出会って目処が立ったようだ。お礼を申します」

と三人は頭を下げた。

三

石畳に水が打たれた朝比奈屋に三人は戻った。二階の座敷からは、朝比奈屋の庭越しに大臣山を背景にした鶴岡八幡宮が見えた。

「姉様、われらの泊まる座敷ではないな」

座敷に通った幹次郎が言った。

四郎兵衛と来た折りは一階の六畳間に泊まった。だが、こたびは母屋の二階座敷だった。

「それもこれも四郎兵衛様のお手配のおかげです」

床の間付きの八畳間と控えの間が三畳だった。眺めよし、座敷よしだった。

「湯が沸いておりますよ、神守様」

三人が落ち着いた頃合い、女将のお怜が姿を見せて言った。

「姉様、麻、先に入りなされ」

「それはなりませぬ。うちは幹どのが主様です」

と汀女が言い、麻も、

「姉上の申される通り義兄上が一家の長にございます」

麻も汀女の呼びかけに倣い、すっかり幹どのと義兄上を使い分けていた。

「いや、そなたらが明日訪ねる松岡山東慶寺に纏《まつ》わる川柳を聞かされたら、男は大人しくしていたほうがよさそうだ」

「おや、東慶寺をお訪ねですか」

とお怜が訝しそうな顔をした。

「うむ」

と応じた幹次郎が麻を見た。

「女将様は四郎兵衛様を前々からご承知のようですね」

麻がお怜に尋ねた。

「吉原とうちとは長い付き合いにございますよ。あなた様がどなた様か直ぐに私にも分かりました」

とお怜が答えた。

幹次郎は四郎兵衛が旅籠を手配する文にそう認《したた》めたゆえかと思った。

朝比奈屋には江戸からの客が毎日のように泊まっている。噂話で江戸での出来事をお怜は承知なのだろうと考え直した。

お怜の返答に頷いた麻が、子供のころ、父には内緒で母と鎌倉のある寺を訪ねたこと、そこがどこの寺か分からないままに鎌倉に来たことを話し、最前鶴岡八幡宮の本殿前で龍右衛門なる老人と知り合い、お茶を馳走になって鎌倉訪問の曰くを話したら、それは縁切り寺に相談に参られたのではないかとの推量を頂戴したことまでを手際よく告げた。

「おや、頭に会いなされましたか。龍右衛門さんの判断が当たっているかどうか、分かりません。ですが、事情から察して十分に考えられそうなことです」

お怜も言った。

「というわけで、明日はわが女房どのと麻が東慶寺を訪ねるのだ。湯も先にふたりして入られよ」

汀女と麻に湯を使うことを勧めた。

幹次郎は朝比奈屋に泊まる客は女が少ないことを承知していた。おそらく今宵も汀女と麻の他に女客がいるかどうか、ならばふたりを先にしたほうが朝比奈屋にも都合がよかろうと思った。

「幹どののお勧めです。麻、風呂に参りましょうか」

汀女が麻に言い、お怜が湯殿《ゆどの》まで案内していった。

幹次郎は東慶寺にふたりを送り、建長寺に道慶老師を訪ねようと思っていた。そして、庄司甚右衛門の墓参りを済ませようと考えたのだ。刻が許せば座禅もよいな、そんなことを考えていると、お怜が独りだけ幹次郎が旅仕度を解く座敷に戻ってきた。

「神守様は果報者ですね」

お怜の言葉の意味は直ぐに分かった。

「汀女と麻のふたりの女衆に仕える身が幸せと申されるか」

「お仕えではございますまい」

「まあ、身内のようなものだな。麻が思わぬことから落籍された折り、身許引受人がいないというので、われら夫婦がなった。むろん姉様はそれ以前から麻と真の姉妹以上に仲がよくてな、それがしが割って入る隙もないほどだ。この鎌倉行きも麻が市井の女子に変わるための、気持ちの整理をする旅なのだ。麻の願いに直ぐにわが姉様が賛意を示した。

「神守様は付き添いですか」

「まあ、そんなところかな」

「神守様の行くところ、常に風雲が渦巻いております。穏やかな鎌倉滞在であることを祈っております」

お怜の語調からその言葉はただの口先だけではないように思えた。

「女将、なんぞ気がかりがござるか」

「四郎兵衛様と神守様が鎌倉に見えたのは、昨年の冬のことでございましたね」

お怜が念を押した。

「いかにもさよう」

「おふたりが鎌倉を去られたあと、どこから聞き込まれたか、うちに吉原の裏同心が逗留《とうりゅう》しているであろうと、胡散臭い武芸者風のふたり連れが何度か訪ねて参りました。うちではもはや江戸へお戻りですと答えたのですが、なにか釈然《しゃくぜん》としないのか、三度ほどうちの周りでその方々が見かけられました。ただし今年になってその姿は消えております。神守様、覚えがございますか」

「ないといえばない、あるといえばある。この稼業、恨みを残すことばかり、先《さき》様《さま》が考えることを一々斟酌もできぬ」

幹次郎の言葉にお怜が笑って、

「神守様なれば、なにごともございますまいが、お綺麗な女御ふたりをお連れです。ゆえに申し上げました」

「女将、有難い。精々緊張してふたりの供を務めよう」

「東慶寺もお供されますね」

お怜の言葉に頷いた。

「だが、男は遠慮したほうがよさそうじゃ。それがしはふたりを東慶寺の門前まで送って、建長寺の板倉道慶老師のもとへ挨拶に出向こうと思う」

お怜が頷き、

「神守様も交代で湯をお使いください。夕餉の仕度をしますからね」

「旬の魚はなんであろう」

「本日はかたちよき太刀魚《たちうお》、飛び魚《とびうお》が膳に並びます」

「おお、聞いただけで美味そうな」

と幹次郎が答えたところに汀女と麻が戻ってきた。湯上がりの顔がほんのりと桜色に上気していた。

「幹どの、お先に失礼を致しました」

麻がまるで汀女そっくりの物言いで言った。

お怜が笑い出した。

「なんともお幸せそうでございますね」

「はい。夢を見ているようでございます」

と素直に答える麻と汀女を置いて、幹次郎が勝手知った湯殿に向かった。

湯殿にはふたりの男がいた。

ひとりは老人で、もうひとりは倅か。よく似た体つきをしていた。日に灼《や》けた顔は外仕事をしていたことを思わせた。

「相湯を願《ねご》うてよいか」

湯船に浸かっていた老人が、

「お侍、お先に使わせてもらっていますよ」

と江戸弁で応じた。そして、幹次郎の顔をじいっと見ていたが、

「おや、吉原会所の神守幹次郎様でしたか」

と言った。

かかり湯を使いながら、

「ご老人、それがしを承知か」

「親父は隠居しましたがね、長年、吉原仲之町の桜を植え替えさせてもらっております」

と倅が言い、その言葉に幹次郎は思い出した。

「おお、高田《たかだ》の長右衛門《ちょうえもん》親方ではないか」

三月の仲之町の桜は毎年植え替える。それを担当してきたのが高田の長右衛門だ。幹ごとの桜の木をわずかな花の季節だけ植え込み、終わると根っこごと引き抜く。その費用は六十両であることも幹次郎は承知していた。

「へえ、倅と代替わりした機に倅が鎌倉見物を企てたんでございますよ。わっしらにとって鎌倉の神社仏閣の庭を見るのは、修業のひとつでもございます。されど、かような旅籠に倅が泊めてくれようとは考えもしませんでした」

「ご隠居、長年働かれたんだ、生涯にそうあることではあるまい。精々愉しみなされ」

「有難うございます。神守様は御用にございますか」

「まあ、それがしとて私用で鎌倉の朝比奈屋に泊まる身分ではないな。連れがあってのことだ」

幹次郎が曖昧に応じて湯船に浸かった。

「吉原も変わりましたな」

隠居が言った。

幹次郎はなんとなく言葉の意味を察したが、ただ無言で頷いただけだ。

「なにしろ伊勢亀の大旦那が亡くなられ、薄墨太夫が落籍されたそうですよ」

隠居が言うところに当代の長右衛門親方が湯船に入ってきて、

「親父、だれに向かってそんな話をしているんだよ。神守様は薄墨太夫の落籍話を仕切った肝心かなめの御仁だ、親父にいちいち言われなくともすべて承知なんだよ」

「ああ、そうか。そう聞いたな」

と隠居が応じて、

「神守様、おまえ様は大変な人だね。面番所の同心なんぞ屁《へ》とも思っておられない」

「ご隠居、そうではござらぬ。それがしは使い走りでござるよ」

「そう聞いておこうか」

「ところでご隠居方は、本日鎌倉に着かれたか」

「いえ、大山、江ノ島を回って二日前に鎌倉入りしましてね、明日は江戸へ戻ります」

長右衛門が幹次郎の問いに答えた。

「せいぜい鎌倉最後の宵を楽しみなされ。お先に失礼致す」

と親子を残して幹次郎は、湯船を上がった。脱衣場で着替えていると、

「親父、気が利かないにもほどがあるぜ」

という長右衛門の声が聞こえた。

「なんだ、気が利かないってのは」

「見て見ぬふりをする、知らんぷりをするのも礼儀だぜ」

「えっ、神守様は曰く旅か」

「かもしれないじゃないか」

「そうか、女といっしょとは気づかなかったな」

隠居が嘆息した。

たしかに女連れだが、曰くがある女連れかどうか、幹次郎も判断がつかなかった。

座敷に戻るとすでに膳の仕度ができていた。

京で修業したという料理人が相模灘で獲れた旬の魚をお造りにしたり、吸い物にしたりと、見るだけで目の保養にもなる料理だった。

「美味そうな、太刀魚の造りじゃな」

「おや、幹どのは膳を見ただけで、どの魚が太刀魚かお分かりですか」

と麻が訊いた。

「麻、最前、お怜さんに聞いたのだ。それで当てずっぽうに口にしてみた」

「幹どのは正直ですね、姉上」

「はい。幹どのは、すべてが顔に出るほどに正直です」

と汀女が幹次郎と麻を交互に見て、

「ささっ、馳走になりましょうか」

と幹次郎に座に着くよう促した。

「姉上、こたびの鎌倉詣で、加門麻の生涯の思い出になります。すべての出来事を頭に刻みつけて参ります」

と言った麻が銚子の酒を幹次郎の杯に、さらには汀女の杯に満たした。そして、幹次郎が麻に注ぎ返した。

三人三様に杯を口に持っていき、香りを感じながら味わった。

「姉上、幹どの、廓で呑む酒とはまるで味が違います。どうしてでございましょう」

と麻が言った。

「朝比奈屋様です、よき下り酒を仕入れられておりましょう。それと務めで呑む酒と心を許し合《お》うた身内で嗜《ささ》む酒とは味も大いに違いましょう」

「いかにもさようです」

二杯目を呑んだ幹次郎が、

「明日のことじゃが、それがしが東慶寺門前まで送っていこう」

「やはり幹どのは寺の中には入られませぬか」

と汀女が訊いた。

「麻の供は姉様だ。それがしは、東慶寺近くの建長寺におる。頃合いを見て迎えに参るで、門を出てはならぬ。門内で待たれよ」

汀女が、はい、と答え、幹次郎を見た。

「それがそれがしの務めだ」

幹次郎はそう応じただけだった。

「ともあれ麻の母御がどのような御用で東慶寺を訪ねられたか、あるいは別の寺なのか、明日には分かろう」

「最前縁切り寺ではないかと、あのご老人に初めて聞かされたときから母の気持ちが分かるような気が致しました」

「麻は、母上が東慶寺を訪ねたと思うておられるのですね」

汀女の念押しに麻が頷いた。そして、しばし沈黙していた麻が、

「わが加門家は、父が御用にて失態をなした折りから砂の城が崩れゆくように崩壊していったのでございましょう」

と言った。

「麻、その事実を見て見ぬふりをするのもそなたの道じゃぞ」

「いえ、麻は知りとうございます」

「ならば、それもよしだ。だが、知らされた事実がどのようなことであれ、拘《こだわ》ってはならぬ。そなたのためにならぬ。そなたはわが身内なのだ、分かるな、麻」

「はい」

と麻がきっぱりと答えた。

翌朝、朝比奈屋の表口に幹次郎が出ていくと、旅仕度の高田の長右衛門父子がいた。

「お早うござる、江戸へお帰りか」

「へえ、お早うございます」

と応じる隠居の声が昨夕より元気がないように見受けられた。そこへ汀女が姿を見せた。

「おい、倅、神守様の相手は汀女先生だぞ。夫婦でわけあり旅もなにもあるものか」

と隠居が倅に怒鳴った。そこへ続いて、

「お待たせ申しました」

と麻が姿を見せ、長右衛門親方が、ごくりと音を立てて唾を呑み込んだ。

「なんだ、倅」

と言いながら倅から麻の顔に視線を移した隠居が、

「あれ、見覚えがあるぞ。どこかで会うたお方だがな」

と首を捻った。

「お、親父、み、見て見ぬふりだ」

「神守様は汀女先生といっしょじゃねえか。なにが見て見ぬふりだ」

隠居がもう一度麻の顔を見て、

「ああ、せ、倅、う、薄墨太夫か」

と呟いた。

「親父、その名を言うのはなしだ」

当代の親方が、がくりと首を垂れた。

「姉様、麻、仲之町の桜を毎年植え替えてくれる植木職、高田の長右衛門親子だ。昨日、湯で出会ったのだ。このたび、隠居をした機に倅どの、ただ今の長右衛門親方が親孝行に鎌倉の旅を設けてくれたそうだ」

幹次郎の説明を聞いた麻が朝比奈屋の上がり口にぴたりと座り、

「ご隠居様、当代の長右衛門親方、その節は大変お世話に相なりました」

と丁重に頭を下げた。

「い、いけねえよ、た、太夫」

「倅、太夫じゃねえよ」

「ともかくわっしら下働きに天下の太夫がそんな真似をしないでくださいまし。

わっしら、来年の春に仕事ができませんよ」

と親子が狼狽《ろうばい》した。

「親方、隠居どのを無事に江戸へ連れ戻ってくれよ」

「へえ、畏《かしこ》まりました」

と答えた長右衛門親方が、

「親父、おれたちの旅の最後に花が添えられたぜ。それも汀女先生と太夫、じゃねえ、なんと呼べばいいんだ」

「親方、麻だ」

と幹次郎が言った。

「汀女先生と麻様の二輪の艶《あで》やかな花がおれたちの旅立ちを見送ってくれるぜ」

「冥途《めいど》の旅での語り草だ」

倅の言葉に親父が応じ、父子が一礼して朝比奈屋を出ていった。

四

幹次郎は、汀女といささか緊張した麻を伴い、巨福呂坂、あるいは巨福呂坂切通しと呼ばれる鎌倉七口のひとつを越えた。その切通しの途中には、いくつかの道祖神《どうそじん》がひっそりとあった。

三人はその前に足を止めては合掌を繰り返した。

鎌倉五山の筆頭にして臨済宗建長寺派の大本山建長興国禅寺《こうこくぜんじ》の入母屋造《いりもやづく》りの三門が見える前でも幹次郎が深々と一礼した。

汀女も麻も真似た。

「この界隈には臨済宗の禅寺が多い。こちらは吉原と所縁《ゆかり》がある建長寺じゃ」

幹次郎は今の吉原誕生に関わりがある二代目庄司甚右衛門の隠れ墓があることをふたりに教えた。

「思い出しましたよ。四郎兵衛様のお供で鎌倉に参り、幹どのが座禅を組み、托鉢に加わったお寺様ですね」

「姉様、そういうことだ。それがし、ふたりを東慶寺に送ったあと、建長寺に戻り、道慶老師に挨拶して参る」

「私どももお参りしてよいのでございましょうか」

と汀女が尋ねた。

「女人禁制かどうか老師に訊いてみよう。まずは東慶寺に参ろうか」

無言になった麻を伴い、幹次郎が汀女とともに鎌倉道の脇道を進み、臨済宗円覚寺派の円覚寺の前に差しかかった。

円覚寺の前には、白鷺池《はくろち》があって蓮《はす》の白い花が清らかに咲いていた。

「われらはすでに少しばかり東慶寺を通り過ぎておる。東慶寺がこちらの円覚寺と関わりが深いと聞いたでな、せめて山門下から麻の願いを聞き届けてくれるように手を合わせていこうか」

緑が濃い夏の木立に囲まれた円覚寺の森に向かって山門下から合掌した。

幹次郎らは鎌倉道に戻り、鎌倉尼五山《あまござん》の一、東慶寺へと引き返した。

鎌倉道から少し入ったところの山門の下に石段が見えた。

「境内には花菖蒲《はなしようぶ》の田が広がっておるという。麻、亡き母御の所縁の寺であることを祈っておる」

幹次郎の言葉に麻が、
こくり
と頷いた。

「なにがあろうと、麻には姉様、そして、それがしという身内がいることを忘れるでないぞ。涙を流したきことあれば、姉様の胸に縋《すが》って盛大に涙を流してこよ。

さすれば新たなる生き方に向かう道が開けよう」

「はい」

と短く返事をした麻を伴い、汀女が東慶寺の山門への石段を上がっていった。

山門前でふたりが振り返り、幹次郎に会釈して山門内に静かに姿を消した。

幹次郎はしばらくその場に立っていたが、鎌倉道を建長寺へと戻り始めた。

その坂の途中で、十七、八と思える女子とすれ違った。

懐妊しているのか、腹が少し大きいように見えた。土地の女子ではない、旅仕度だが着ているものも粗末《そまつ》なものだった。

「あのう」

と幹次郎を縋るような目で見た。

「なんだな」

「東慶寺はこの先にございましょうか」

「東慶寺か、ただ今それがしの知り合いの女子をふたり、送っていったゆえ、よく承知しておる。あと二丁（約二百十八メートル）も行けば左手に東慶寺の山門が見える。石段もあるで気をつけて行かれよ」

なにか曰くありげな女子に東慶寺への道を教えた。

た。


「有難うございます」

女は今来た道をちらりと気にするように見て、教えられた東慶寺へと歩み去った。


幹次郎は建長寺へと戻り、見知った三門を合掌して潜ると仏殿などの懐かしい建物が出迎えてくれた。

掃除をしていた修行僧が幹次郎に視線を送り、合掌すると、

「おや、神守幹次郎様ではございませんか」

と呼びかけた。

雲水として托鉢にいっしょに回った若い修行僧正玄《じょうげん》だった。

「おお、正玄どの、息災に修行を続けておられるようだな。お顔が凜々《りり》しさを増した」

「有難うございます。呑込みの権兵衛《ごんべえ》も元気で寺で働いておりますよ」

四郎兵衛の供で鎌倉を訪ねた折りに縁を持った者の名を挙げた。

「それは嬉しい知らせでござる、あとで会おう。ところで管長《かんちょう》の板倉道慶老師はおられようか、ご挨拶に伺った」

「老師は法話を控えておられますが、ただ今は庫裡《くり》におられます。時折り、神守様のことを口になされます。きっと大喜びなされますよ」

と正玄が案内しようとした。

「正玄どの、修行を続けられよ。知らぬ境内ではないでな」

幹次郎は仏殿から法堂を過ぎて庫裡に向かった。

庫裡にて訪いを告げると、せかせかとした足音がして道慶老師自らが姿を見せた。

「おお、神守幹次郎様か、噂をすれば影、最前もどうしておるかと、そなたの名を口にしたところでありました」

「恐れ入ります」

庫裡の板の間にふたりは向き合った。

幹次郎は鎌倉に来た曰くを手短に話した。すると道慶老師が、

「お連れはご新造様と薄墨太夫でございますか」

と驚き、

「おそらく薄墨、いや、ただ今は加門麻どのか、その母御が訪ねたのは東慶寺でありましょう、そんな気が致します。神守様、ご一行は、鎌倉には何日逗留され

ますかな」

と尋ねた。

「七代目から十日ほど休みをもらってきております。それがし、数日でもこちらに参禅して托鉢修行をしとうございます、お許し願えませぬか」

「参禅も托鉢もそなたは一度経験しておる。時の許すかぎり参禅なされよ。本日は法話が控えておるで、のちにゆっくりと話し合いましょうぞ」

いったん道慶老師に別れを告げた幹次郎は、庄司甚右衛門の墓に詣でた。すると、呑込みの権兵衛が墓地にいた。

なんと権兵衛は頭を丸めていた。

「おお、神守様」

「どうしたな、その頭」

「へえ、建長寺で奉公するならば坊主になってもいいかな、と決め、以前、神守様に短くしていただいた通りに自分で丸めてみました。寺暮らしもやってみれば気分が爽快ですよ」

「おお、忘れておった。だが、頭を丸めるのと僧になるのとでは違う。己にとくと問うて決断することだ。ならば老師もお許しなされよう」

幹次郎は二代目の庄司甚右衛門の隠れ墓で合掌した。

「神守様よ、こたびは四郎兵衛様なしか」

「その代わり別の連れがおる」

「だれだ、鎌倉見物をしておるのか」

「いや、東慶寺を訪ねておる」

「なに、女子か。まさか吉原の花魁が尼さんになりたいというので連れてきたわけではあるまい」

「いささかわけがあってな、わが女房と義妹の麻を伴っておるのだ」

「おかみさんの妹か」

「そういうことだ」

「まさか義妹が縁切り寺に入ろうというのではなかろうな」

「亡くなった母御と幼い折り、鎌倉の寺を訪ねたことがあるそうな、じゃがはっきりと覚えておらぬ。それでな、鎌倉に来て探しておるところだ」

「義妹と言うたな、そなたのおかみさんは年上だ。どこの寺か覚えておらぬのか」

「権兵衛、内緒にできるか」

幹次郎が念押しした。

「わしは禅寺の修行僧になろうとしている男だぞ、口は堅い」

呑込みの権兵衛が胸を叩いた。

「義妹と言うたが、つい最近まで吉原で全盛を誇った太夫であった女子だ」

「おい、神守様よ、噂で聞いたぞ。薄墨太夫が分限者《ぶげんしゃ》に落籍されたというが、神守様が請け出したか」

「ばか申せ。吉原会所の裏同心にさような甲斐性《かいしょう》はない。ともかく麻にわが女房が従って、東慶寺を訪ねておる」

幹次郎は、権兵衛としばらくぶりに話をして、東慶寺に汀女と麻を迎えに行くことにした。

「神守様よ、おれも行こうか。薄墨太夫をひと目見てみたい」

「権兵衛、そなた、禅寺で修行僧になりたいのであろうが。さような邪《よこしま》な考えは捨てよ」

と言った幹次郎は権兵衛に、

「しばらく独りにしてくれぬか」

と願った。

権兵衛がその場から姿を消すと、幹次郎はふたたび瞑目し、二代目庄司甚右衛門の墓前に合掌して、

(吉原の安泰)

を願った。

長い合掌になった。

幹次郎は殺気を感じて両目を開き、合掌の手を開いた。振り向くと剣術家と思えるふたりと旅姿の渡世人の男が幹次郎を見ていた。

渡世人は殺伐《さつばつ》とした相貌《そうぼう》で、暗い眼差しをしていた。剣術家は、血腥《ちなまぐさ》い生き方をしてきたと思えて、虚無《きょむ》と無頼《ぶらい》が五体に染《し》みついていた。

幹次郎と三人は黙したまま視線を交わらせた。

「こやつの鎌倉行きに吉原の秘密が隠されていると言ったでしょうが」

渡世人が乾いた声で仲間ふたりの剣術家に呟いた。

幹次郎は、過日、吉原の蜘蛛道で、

(澄乃の前に立ち塞がった男)

と声を聞いて確信した。そして、この道中、姿を見せぬようにして幹次郎らを尾行していた、

原会所の用心棒」


「監視の眼」

がこやつらだと知った。

「そなたら、何者か」

「わっしらの正体なんてどうでもいい。庄司甚右衛門の秘密を頂戴しようか、吉原会所の用心棒」

「庄司なにがしとはだれのことだ」

「とぼけるな。吉原を生かすも殺すも『吉原五箇条遺文』なる御免状だ」

「ほう、さような虚言、だれから聞いたな」

「与太話じゃねえ。吉原が天下御免の色里でいられるのもこの御免状を代々の四郎兵衛が握っているからだ」

幹次郎はこやつらの話の出所は吉原の廓内だと承知した。

「そなたらの背後にいるのはだれだ」

渡世人が声もなく笑った。

「今ごろあの世で後悔しているだろうぜ」

「真か」

「ああ、わっしらにそれだけのことをする借りがあったからな」

吉原に戻ったら、この話をこの三人が知った出所をぜひとも探らねばなるまいと幹次郎は思った。

『吉原五箇条遺文』には、吉原の命運がかかっていた。

「われらの鎌倉行きを見張っていたのはそのほうら三人だけか。それとも仲間がおるなれば」

「どうするな」

「そなたら三人とともに始末致す」

「抜かせ」

渡世人が長脇差の柄に手を掛けて、ふたりの剣術家に顎で命じた。

「こやつを叩きのめすのはわしらに任せよ。ただし、約定の礼金は倍だ、真岡《もおか》の円蔵《えんぞう》」

「殺しちゃならねえ。この男とふたりの女をひっ捕えて口を割らせなければ、一文の銭にもならねえと思いなせえ」

真岡の円蔵が三人の頭分らしい。

「円蔵、吉原の蜘蛛道でそれがしの相棒の女を始末しようと考えたのはそなたтака

「ああ、女を殺しておめえを揺さぶるつもりだった。だが、おめえがあとに控えているとは思わなかったぜ。だが、それもこれも過ぎたことだ」

円蔵がうそぶいた。

「円蔵、吉原を勝手気ままに動かせる書付はほんとうにこの世に存在するのだな」

剣術家のひとり、痩身の者が尋ねた。もうひとりは、反対にがっちりとした体つきと手足の持ち主だった。

「ああ、する」

剣術家ふたりが揃って刀の鯉口《こいぐち》を切った。

「そなたら、地獄に去《い》ね」

幹次郎が呟くように宣告した。

生かしてはおけぬ連中だ。

剣術家が幹次郎の動きを見ながらゆっくりと刀を抜いた。

二対一。

そのことが剣術家に余裕を持たせていた。

幹次郎が先々《せんせん》の先《せん》を取った。

疾風《しっぷう》のように前かがみになった幹次郎が踏み込んだ。

一瞬にして死地に踏み込んでいた。伊勢亀半右衛門の形見の一剣津田助直が鞘走り、左手の痩身の剣術家の胴《どう》を抜いていた。さらに幹次郎の動きは止まらなかった。

がっちりとした相手に向かって身を滑らせると、ふたり目の剣術家の喉元に切っ先を閃《ひらめ》かせた。

血しぶきが、

ぱあっ

と庄司甚右衛門の墓前を染めた。

一瞬の早業だった。

「嗚呼」

真岡の円蔵が悲鳴を上げた。

「円蔵、御免状などこの世に存在しないわ」

幹次郎が宣告した。

「う、嘘だ。たしかに聞いた」

「そなたに伝えた者もこの世の者でないのだな」

「い、いねえ。このふたりが始末した」

「その他に仲間はおるか」

「いねえ」

「ならばそなたも仲間のあとを追え」

「なにを」

円蔵の顔は、命が助かる道を探っていた。だが、その方策がないと悟った円蔵は、両手に握った長脇差を抜くと右脇腹に柄をぴたりと付けた。

円蔵は修羅場で覚えた捨て身の殺法を使おうとしていた。

「くそっ、吉原の用心棒なんぞに殺《や》られてたまるか」

吐き捨てた円蔵が背を丸めて幹次郎に向かって突進してきた。

幹次郎は引きつけるだけ引きつけて、真岡の円蔵の肩口を深々と斬り下げた。

がくん
と構えを崩した円蔵が顔面から地面に叩きつけられた。

ふうっ
と幹次郎が小さな息を吐いた。

三つの骸《むくろ》が幹次郎の前に転がっていた。

吉原の秘密を知られてはならないのだ。

「か、神守さ、まよ」

駆けつけた権兵衛が啞然《あぜん》とした。

「この始末、権兵衛に願えぬか」

幹次郎は血振りして刀を仕舞うと、懐の財布から心づけを出した。

「始末料じゃ」

「三両か。しばらく坊主になるのはやめよう」

と言いながらも、幹次郎の願いを引き受けた。

「そなた、未だ覚悟ができておらぬ。しばらく建長寺の庭掃除をしておれ」

と言い残すと、幹次郎は建長寺から東慶寺へと戻っていった。

汀女と麻は、東慶寺の女庵主明倫《めいりん》多恵子《たえこ》と別れ、菖蒲池を見物した。見物したというより麻の複雑な気持ちを整理させたかったゆえに、汀女が誘ったのだ。

麻の亡母が今から二十年ほど前、麻と小女を伴い、訪ねてきたのはやはり東慶寺であった。

麻を伴った母に応対したのは多恵子であった。

多恵子は加門という珍しい姓と幼い娘を連れた武家の女房のことをよく覚えていた。

麻の母は、御用で失態を重ねた父が酒を呑み、暴力を振るうようになったことに堪えられず、鎌倉の縁切り寺東慶寺を訪ねたのだ。

だが、多恵子は、幼い娘連れの修行は許されないことを告げ、

「江戸に戻り、とくと亭主と話し合いなされ」

と諭したという。

「あの父が母に手を上げておりましたか。私には考えられないことでした」

麻が汀女に嘆くように訴えた。

「麻、そなたの母上は多恵子様の話を受け容《い》れて、もう一度やり直そうと努力なされたのです」

「でも、私が吉原に身売りせねば立ちゆかないような父と母でございました」

「麻、不運不幸を挙げればいくらでもございましょう。今の境遇を考えなされ。伊勢亀半右衛門様の多大なるご厚意でそなたは、かように鎌倉に旅ができるほどの身の上に戻られたのです。その上、新たな身内もおります」

はい、と答えた麻が、

「姉上は、私が同じ屋根の下にいても迷惑ではございませぬか」

汀女が麻を正視した。

「そなたが幹どのを命の恩人として敬い、好意を抱いていることは承知です。その上で妹として迎え入れたのです。ときに伊勢亀の旦那様の墓参りに幹どのとお行きなされ」

汀女は言外に幹次郎と麻が情を交わすことを許すと言っていた。

「私どもはあの夜」

「麻、そのことはふたりの胸に秘めておきなされ。分かりましたね」

と口にすることを禁じた。

「亡き母上の悩みに比べれば、私どもの悩みなど大したことではございますまい。私は幹どのが好きです、そなたも幹どのに惚れておりましょう。幹どのは私を、そして、そなたを愛しておられます。それ以上のことがございますか、麻」

頷いた麻の手を引き、汀女は山門に向かった。

幹次郎はちょうどそのとき、鎌倉道から東慶寺への参道に曲がったところだった。すると建長寺を訪ねる折りに出会った女が参道の傍らに佇んでいた。

東慶寺の山門を潜ることに迷いが生じたのであろうか。

そう幹次郎が思ったとき、石段上の山門に汀女と麻の姿が現われた。麻の顔を見たとき、やはり東慶寺が麻の母が訪ねた寺であったことが分かった。

麻が幹次郎に手を振った。

そのとき、

「おみつ、寺に駆け込め！」

と絶叫が幹次郎の背後でした。

幹次郎が振り向くと、二十歳《はたち》をふたつ三つ過ぎた職人風の男が渡世人と思える三人の男に蹴り倒されていた。

おみつと呼ばれた女が亭主と思われる男の元へ戻るか、東慶寺に駆け込むか迷った末に山門へと走り出そうとした。

その前に渡世人の兄貴分と用心棒侍のふたりが立ち塞がった。

「おい、てめえの亭主には借財があるんだよ」

「賭場で作った一両二分は返した」

「借財には利がつくんだよ」

「十両なんて法外だ」

「法外かどうか、決めるのはうちの親分だ。藤沢の弥三郎《やさぶろう》親分だ」

「御用聞きが法外の利を取るなんておかしいわ」

おみつが必死で叫んだ。

幹次郎には短い言葉のやり取りで腹に赤子を孕《はら》んだ女と若い亭主が陥《おちい》った、

「罠」

が察せられた。

無法な借財のかたに弥三郎親分は、おみつを岡場所に売り飛ばそうと企て、それを知った若い夫婦が駆け込み寺に頼ろうとしたのだろう。

幹次郎が立ち竦むおみつの傍らに歩み寄った。

「なんだ、てめえは」

着流しの兄貴分が幹次郎に囁き声で言った。

「お節介者と思うてくれ。藤沢の弥三郎は十手持ちと渡世人の二足の草鞋を履くげじげじか」

「てめえ、うちの親分を二足の草鞋を履くげじげじと抜かしたな」

「言うた」

兄貴分が用心棒侍に顎で、「出番だぜ」と命じて、懐に手を突っ込んだ。匕首でも呑んでいるのだろう。

「この場にしゃがんで両目を閉じていよ」

おみつに命じた幹次郎は、刀を抜いた渡世人の用心棒侍につかつかと無造作に歩み寄ったように思えた。

幹次郎は間を詰め、先《せん》の先《せん》を取る計算をしていた。だが、相手は柄にも手を掛けない幹次郎を甘くみていた。

「先生、行くぜ」

と兄貴分が言い、懐から手を抜いた。

匕首の刃がきらりと光った。

用心棒侍が刀を八双《はっそう》の構えに立てた。

直後、幹次郎が最後の一歩を踏み込みながら、最前血を吸った津田助直を眼志流の居合術で抜き放つと、用心棒侍の胴を抜いた。さらに匕首を構えて突っ込んできた兄貴分の匕首を手にした手首の腱を斬り放っていた。

用心棒侍はその場にうずくまるように倒れ、兄貴分は匕首を手から離して斬られた手首をもう一方の手で抱えた。

一瞬の早業に、手首の腱を斬られた兄貴分は顔が引き攣《つ》っていた。

「眼志流流れ《なが》胴斬《どうぎ》り手首飛ばし」

と幹次郎の口からこの言葉が漏れ、

「藤沢の弥三郎に伝えよ。この一件、道中奉行に伝えるとな、首を洗って待っておれ」

脅しの言葉は虚言だ。だが、在所で二足の草鞋を履く輩にはそれなりの効果があることを期待していた。

幹次郎は、ぐるりと助直の切っ先を回し、亭主を蹴り飛ばした弟分ら三人に向けた。

三人は茫然自失していた。

「亭主、おみつさんを連れて東慶寺に参り、庵主様にとくと相談を致せ」

と命じた。

地べたに転がっていた若い亭主ががくがくと頷き、おみつのもとへ走り寄った。

幹次郎はこの騒ぎで建長寺での血の臭いが打ち消されたと思った。

山門から汀女と麻が下りてきて、交代で若い夫婦が石段を上がっていった。

「幹どのといっしょだと退屈はしませぬ、姉上」

麻が汀女に言った。

「そちらの用事は済んだかな」

「幹どの、母が訪ねたのは、やはりこの寺にございました」

と麻が答えた。

幹次郎が血振りをくれて助直を鞘に納めた。

「幹どの」

と今度は汀女が呼んだ。

「鎌倉の御用は済みましたな」

「それがし、二、三日建長寺で参禅致すことにした。ときに雲水となり、托鉢に出る」

「私どもはどうするのです」

「ふたりして鎌倉を存分に楽しまれるがよかろう。鎌倉には見物する神社仏閣はいくらもある、その上、飽きれば海も山もあるでな」

「幹どのが托鉢ですか。姉上、私どももいっしょに托鉢致しませぬか」

「麻、建長寺の托鉢に女子は加われぬ。そなたらとは昼過ぎから付き合うでな、我慢致せ」

「あれあれ。幹どのにふたりして袖にされましたよ、麻」

「どう致しましょう。東慶寺にお籠り致しましょうか」

「いえ、私どもは幹どの抜きで美味しいものでも食して、鎌倉の寺に咲く花々を見物して参りましょうな」

と汀女が麻に言った。

東慶寺から三人は、夏の名残の鎌倉道をゆっくりと戻り始めた。

日は中天にあり、三つの影はほとんどなかった。

この作品は、二〇一七年三月、光文社文庫より刊行された『旅立ちぬ　吉原裏同心抄』のシリーズ名を変更し、吉原裏同心シリーズの「決定版」として加筆修正を加えたものです。

光文社文庫

長編時代小説
旅《たび》立《だ》ちぬ　吉《よし》原《わら》裏《うら》同《どう》心《しん》(26)　決定版
著　者　佐《さ》伯《えき》泰《やす》英《ひで》

2023年4月20日　初版1刷発行

発行者　三　宅　貴　久
印　刷　萩　原　印　刷
製　本　ナショナル製本

発行所　株式会社　光　文　社
〒112-8011　東京都文京区音羽1-16-6
電話（03）5395-8149　編　集　部
8116　書籍販売部
8125　業　務　部

ISBN978-4-334-79469-9　Printed in Japan

組版　萩原印刷